나만의 주문을 외다!

우리말 소망

우리말 소망

나만의 주문을 외다!

조현용 지음

마리북

내 안에서 간절히 바라는 마음이
소망으로 바뀌는 순간

저는 소망이 많은 사람입니다. 어쩌면 한순간도 소망을 떠나서 살 수 없을 겁니다. 아마 여러분도 마찬가지일 것입니다. 소망이 없는 사람은 없습니다. 소망所望은 '바라는 바'라는 뜻입니다. 소원所願도 같은 뜻입니다. 그런데 왠지 소망이라고 하면 좀 더 가까이 느껴지고, 내가 노력하면 이룰 수 있는 것처럼 여겨집니다. 소원이라고 하면 '우리의 소원은 통일'이라는 가사가 떠올라서 그럴까요? 소원을 빈다는 말에서는 거창한 느낌이 듭니다. 일생 동안 이루어야 할 느낌이 드는 어휘가 소원입니다.

그래서인지 저는 소망 바구니에 늘 작은 소망부터 하나씩 담습니다. '오늘 하루도 무사히, 오늘 하루도 행복하고 기쁘게.' 작은 소망이지만 담아 두고 싶은 느낌이 납니다. 그래서 우리는 종종 소망을 담았다고 표현합니다. 소망은 늘 담아 두고, 곁에 두고 지켜보는 것입니다. 언제라도 꺼내서 볼 수 있는 우리의 간절함을 담고 있습니다.

소망은 멀리 떨어져 있는 게 아닙니다. 소망은 곁에 있는 것이기에 더욱 간절한 것이기도 합니다. 종종은 잊고 살기도 하지만 언제라도 돌아와 바라게 되는 일입니다. 모두 아프지 않기를 바라고, 아픈 사람이 있으면 얼른 낫기를 바랍니다. 힘든 사람이 있다면 이겨 내기를 바라고, 슬픈 사람이 있다면 웃을 수 있게 되기를 바랍니다. 우리가 날마다 올리는 기도입니다.

소망은 힘들수록 힘이 강해집니다. 힘들다는 말은 힘이 들어온다는 뜻이니 힘이 강해질 수밖에 없겠네요. 힘들수록 신과의 거리가 가까워진다는 말은 소망의 다른 표현이라는 생각도 듭니다. 힘들수록 소망의 느낌이 강해집니다. 자연스레 두 손을 모으게 됩니다. 손을 모으는 행위는 내가 나를 한마음으로 만드는 일입니다. 내 몸속의 기운이 모이는 느낌입니다. 때로는 내 안의 눈물, 괴로움, 슬픔, 아픔, 그리움이 소망이 되어 나오기도 합니다.

내 안에서 간절히 바라는 마음과 감정을 소망으로 바꾸는 순간 이지요.

　《우리말 소망》은 저의 소망입니다. 세상이 따뜻해지고 행복해 지기를 바라는 저의 소망입니다. 서로를 귀하게 생각하고 오늘 하루도 건강하게 지내기를 바라는 저의 따뜻한 소망입니다. 오 늘 하루를 잘 보내고 싶은 분들께 이 책이 조금이라도 도움이 되 길 바라는 저의 절실한 소망입니다.

　이 소망은 저의 소망만이 아닙니다. 제 가족의 소망이자 늘 저 와 함께 이야기를 나누는 제자들의 소망이기도 합니다. 저의 글 을 독자들께 좋은 모습으로 이어 준 편집자의 소망, 제 글을 보 는 모든 독자의 소망이기도 합니다. 저의 소망이 작은 물방울을 일으켜 많은 분께 점점 퍼져 나가길 바랍니다. 그렇게 여러 소망 이 모여 세상이 아름다워지기를 또다시 소망합니다.

2022년 3월
조현용

차례

작가의 말 * 5

1장
주문을 외다

눈을 감다, 정말 내일이 올까? * 15

건강, 건강하시기 바랍니다, 강건하시기 바랍니다 * 20

아버지, 내 아버지만 부르는 호칭 * 24

주문을 외다, 나만의 주술을 걸다 * 28

기지개를 켜다, 몸도 마음도 적응은 필요한 것 * 33

이를 악물고, 우리는 왜 이를 악무나? * 38

까짓것, 그 정도까지는 뭐! * 42

유성, 별똥별 * 46

실수失手, 손을 놓치는 일 * 51

숟가락, 전쟁의 도구와 식사의 도구 * 55

2장

감정이입

고통, 고통의 크기를 잴 수 있을까? * 63

괴롭다, 일종의 성장통 * 67

길흉, 가야 하는 사람의 길 * 72

망설임, 짧을수록 좋다 * 77

무기, 나를 감싸고 있는 무기는 무엇인가? * 81

동병상련, 위로의 다른 말 * 86

악연, 인연과 절연의 경계 * 91

억울, 가장 견디기 힘든 감정 * 96

소통, 그 시작은 말을 하는 것 * 100

가르치다, 내가 더 가르치고 싶어 하는 힘겨루기 * 105

평가, 뾰족한 칼날을 거두고 함께 느끼기를 * 110

3장
마음 치유

긴장, 왠지 팽팽한 느낌 * 119

어루만지다, 온 마음을 다해 달래다 * 124

치유, 오렌지색의 치유 * 128

상처와 흉터, 상처가 낫고 오래 지나면 흉터가 된다 * 134

어떻게 해, 더 이상의 말이 필요 없는 공감 * 139

조화, 도움을 주고 도움을 구하는 것 * 143

만남, 사람의 사이는 변하는 것 * 148

4장
무언가를 향한 기도

과거와 미래, 기쁜 일과 슬픈 일의 기억 창고 * 155

미리, 준비와 걱정은 다르다 * 159

기억, 행복한 기억을 그리움으로 간직한다 * 164

사이, 사람과 사람 사이의 거리 * 169

혼자, 스스로의 가치를 지키는 법 * 175

일없다, 괜찮아. 걱정하지 마! * 179

일부러, 일이 없는데도 하는 것 * 184

5장
어떤 가치

위로, 나 같은 사람이 무슨 위로가 될까? * 191

어른, 자란이 * 197

자존심과 자존감, 나는 정말 귀한 사람인가? * 202

겸손, 겸손에도 자만심이 있다 * 208

전쟁, 전쟁 용어를 입에 달고 사는 우리 * 212

일용할 양식, 내 뜻대로 되는 세상이라면 * 217

급하다, 왜 급해질까? * 222

부리다, 우리가 부리지 말아야 할 것은? * 227

현기증, 지금 이 순간 문제가 있는 것은 나 * 233

1장

주문을 외다

눈을 감다,
정말 내일이 올까?

　　　　　　　　　　　　　내일 아침 우리는 눈을 뜰 수 있
을까요? 내일의 태양을 만날 수 있을까요? 정말 내일은 올까, 그
런 걱정을 하면서 잠들지는 않겠지요. 우리에게 내일이 오는 건
당연하지요. 오히려 어떤 사람은 내일이 올까 봐 두렵다고 합니
다. 걱정이 많아서일 겁니다. 눈을 감고 뜨는 것은 생을 누리고
있는 인간의 가장 기본적인 행위입니다. 눈을 뜬다는 것은 새로
운 하루가 시작되었다는 것이고, 눈을 감는다는 것은 생을 마감
한다는 뜻이지요.

우리는 죽음을 '영원히 잠들었다' 혹은 '눈을 감았다'라고 말합니다. 다시 눈을 뜨지 못하는 것은 세상을 떠나는 일이 됩니다. 다시는 이 세상을 보지 못하는 거지요.

'눈을 감다'의 어원에는 여러 의견이 있습니다. '감다'라는 말이 형용사로 쓰일 때는 원래 '검다'라는 의미였습니다. 그래서인지 '감다'는 아득한 느낌을 줍니다. '감다'와 '아득하다'를 합쳐서 '가마아득하다'는 표현을 씁니다. '까마득하다'는 말이 바로 그것입니다. '감감하다'는 말에서도 그런 느낌을 찾을 수 있습니다. 저는 '눈을 감다'도 같은 어원이라고 봅니다. 눈을 감으면 어두워지고, 까마득한 세계로 떠나기 때문입니다. '눈을 감다'라는 말의 무게를 생각하니 겁이 덜컥 납니다.

몇 해 전의 일입니다. 가까운 분이 딱 오십이 되는 나이에 암으로 갑작스레 세상을 떠났습니다. 젊은 나이여서인지 암을 발견했을 때는 이미 손을 쓸 수 없을 정도로 늦었습니다. 젊을수록 병의 진행도 빠르다고 합니다. 누구보다 건강했기에 늘 함께할 수 있을 거라고 생각했는데 도무지 믿어지지가 않았습니다. 쉰살이 안 된 부인과 스무 살이 되지 않은 두 아이가 남겨졌습니다. 그분들의 슬픔도 슬픔이었지만, 아들이 아프다는 사실을 전혀 몰랐던 어머니는 어쩌나 허망한지 처음에는 바닥에 누워 데굴데굴 구르다 나중에는 실성한 사람처럼 넋 놓고 앉아서 말씀

하셨습니다.

"아들이 아픈지도 모르고 밥 먹고 노인정에서 할머니들과 수다 떨고 놀았으니 세상에 이런 바보 천치가 어디 있을꼬!"

가슴이 먹먹했습니다. 내 건강을 잘 돌봐야겠다는 마음을 갖는 것조차 죄스럽다는 생각을 했습니다. 참으로 슬픈 광경이었습니다. 우리가 사는 동안 적어도 이런 갑작스러운 이별은 겪지 않기를 소망합니다.

매일 아침, '눈을 감는다'는 말의 무게를 기억하며 눈을 뜨면 어떨까요? 눈을 뜨면 아침을 만납니다. 밝은 빛이 창문을 밝혀 구석구석 새롭게 눈에 들어옵니다. 세상이 나를 반깁니다. 또다시 소중한 이를 만날 수 있는 하루가 시작된 겁니다. 눈을 뜨는 것은 항상 새로 태어나는 것과 마찬가지입니다.

그래서인지 우리말 '눈을 뜬다'라는 표현도 '해가 뜬다'라는 표현과 닮아 있습니다. 우리는 날마다 눈을 뜨고, 세상에는 날마다 해가 떠오릅니다. 눈을 뜨는 것은 해가 뜨는 것과 마찬가지로 하루를 여는 것입니다.

제가 무언가를 고민하고 있을 때 어머니께서 자주 하시던 말씀이 있습니다. "자고 나서 해. 자고 나면 괜찮아질 거야." 어머니가 그렇게 말씀하신 이유는 눈을 감고 뜨는 행위 자체가 새로운 삶, 새로운 깨달음과 닿아 있다는 걸 아셨기 때문 아닐까요? 너무 힘들 때면 자고 일어나 보세요. 새로운 마음으로 시작할 수 있을 겁니다.

오늘은 어제의 오늘이 아닙니다. 나는 어제의 내가 아닙니다. 눈을 뜬다는 말이 깨닫는다는 의미인 것은 우연이 아닙니다. 눈을 뜨기만 해도 우리는 중요한 깨달음을 얻을 수 있고, 충분히 행복할 수 있습니다. 그런데 우리는 매일 아침 눈을 뜹니다. 매일 아침 새로워진, 새로 태어난 나를 봅니다. 우리는 날마다 깨달으며 삽니다. 오늘이 내게로 왔습니다. 선물처럼 말입니다. 잠자리에 들 때 내일에 대한 기대감이 있었으면 좋겠습니다. 걱정은 툭툭 털어 버리고 가뿐한 잠이었으면 좋겠습니다.

건강,
건강하시기 바랍니다,
강건하시기 바랍니다

요즘은 건강한 사람들도 더욱 건
강을 생각합니다. 그래서일까요? 나이에 상관없이 건강하라는
인사를 많이 주고받습니다.

건강할 때는 참 쓸데없는 욕심이 우리를 가득 채우곤 합니다.
'돈을 더 많이 벌었으면 좋겠다.' '더 좋은 집에 살았으면 좋겠
다.' '올해는 회사에서 꼭 승진했으면 좋겠다.' '이번 아파트 청약
에 꼭 당첨되었으면 좋겠다.' 욕심은 자꾸 생깁니다. 그렇지만 한
번 아파 보면 '건강을 잃으면 전부를 잃는 것이다'라는 말이 더
욱 다가옵니다. 건강할 때 내가 대수롭지 않게 여겼던 소소한 일

상의 순간순간이 아프면 얼마나 소중하고 그리운지 모릅니다. 큰 병이 아니더라도 며칠 동안 아팠다 낫고 나면 어떤가요? 똑같이 맞이하는 일상이지만 반짝반짝 빛나고 새로 태어난 기분을 느낄 것입니다.

건강健康은 '튼튼할 건健'과 '편안할 강康'이 합쳐져서 이루어진 말입니다. 튼튼한 것은 주로 몸을 의미하고, 편안한 것은 주로 마음을 의미합니다. 몸이 튼튼해야 마음이 편안할 터이니 둘은 연결되어 있다고 할 수 있습니다. 튼튼하다는 말에는 단단하다는 느낌도 들어 있습니다. 흔들리지 않는 느낌이라고나 할까요? 주먹을 불끈 쥐고 "아자 아자!"를 외치는 모습이 생각납니다. 편안하다는 말은 다른 말로 하면 온화하고 부드러운 것입니다. 일은 힘 있게 하고, 서로 기운을 북돋워 주면서도 부드러운 인간관계를 유지하는 게 건강의 비결인 것 같습니다.

강건康健하다는 말은 건강이라는 한자를 뒤집은 것입니다. 원래는 같은 말이라고 볼 수 있습니다. 그런데 다른 의미도 있습니다. 바로 '의지나 기상이 굳세고 건전하다'는 의미의 '강건剛健'입니다. 저는 "강건하세요!"라는 인사에는 두 의미가 다 들어 있다고 봅니다. 힘든 일이 닥치더라도 강건하게 이겨 내는 겁니다. 그러면서도 몸과 마음의 건강은 잃지 않는 밝은 모습이지요.

몸이 아프면 참 괴롭습니다. 육체적인 고통도 고통이지만 심리적인 고통도 참을 수 없습니다. 아프면 우리는 고통을 참고 이겨 내려고 애를 씁니다. 때로는 그 노력 덕분에 힘이 나기도 하지만, 우리도 모르게 속으로 고통이 쌓입니다. 몸에 힘이 들어가고 경직됩니다. 몸만 굳어 가는 게 아닙니다. 몸속 장기도 굳어 갑니다. '속이 타 들어 간다'는 표현이 있습니다. 마음이 아파 숯덩이가 되어 버리는 거지요. 참는 게 능사는 아닌 듯합니다. 아픔을 오래 참으면 몸이 제 기능을 못할 수도 있습니다. 말이 줄어들고, 소화 기능이 떨어지고, 움직임도 둔해질 수 있지요.

우리 모두 스스로를 위로하고 서로를 위로하는 법을 배웠으면 합니다. 서로에게 기대는 법도 배웠으면 합니다. 기대는 건 부끄러운 게 아니라 고마운 일입니다. 우리는 혼자가 아닙니다. 내가 아프다는 사실을 사람들과 나눌 줄 알아야 합니다. 요즘 저는 기쁨만이 아니라 아픔도 나누려고 노력합니다. 아픔을 나눌 수 있는 사람이 있다는 것은 정말로 행복한 일입니다.

이십 대의 젊은 나이에 근육이 굳는 루게릭병과 싸우고 있는 어떤 유튜버의 영상을 우연히 보게 되었습니다. 힘든 병과 싸우면서도 하루하루 유쾌한 일상을 보내려고 노력하는 그와 가족들의 모습을 보며 구독자들은 많은 응원을 보내고 있습니다.

"비록 몸은 아프지만 그렇다고 불행하지는 않습니다. 여러분도 행복하게 잘 살았으면 좋겠습니다."

그의 말에서 삶의 숭고함과 위대함은 언제 어디서나 존재하고, 혼자가 아니라 가족들과 함께 나누는 사랑의 위대함도 느낄 수 있었습니다.

우리가 늘 서로의 건강을 빌어 주고는 있지만 항상 건강할 수는 없습니다. 그렇기 때문에 건강하지 않을 때 나를 소중하게 생각하는 것이 더욱 중요합니다. 건강하지 않다고 해서 나쁜 것은 아닙니다. 아프다면 혼자서 끙끙 앓으며 외로워하지 않았으면 좋겠습니다. 결국은 마음이 육체의 건강도 지배합니다. 아프다고 좌절하지 말고 '그마저도 이겨 낼 수 있다는 마음'을 가진다면 좋겠습니다. 몸이 아플 때마저도 이겨 낼 수 있다는 '마음'을 가지는 것이야말로 진짜 건강을 지키는 것입니다. 모두 건강하시기 바랍니다. 강건하시기 바랍니다!

아버지,
내 아버지만 부르는 호칭

　　　　　　몇십 년 뒤의 모습으로 자신을 분장해 보는 광고를 본 적이 있습니다. 처음에는 분장한 모습을 신기하게 살펴보고 즐겁게 촬영하던 사람들이 나중에는 변한 자신의 모습을 보며 눈물을 흘렸습니다. 분장을 한 몇 명의 남자는 이런 말을 했습니다.

　"분장한 제 모습에서 아버지 모습이 보여요."

　나이 든 자신의 모습에서 아버지가 보이니 여러 감정이 밀려왔을 겁니다. 우리말에서 이야기하는 아버지는 어떤 존재일까요?

'아버지'는 18세기에 돌연 등장한 어휘입니다. 모음조화라면 '아바지'가 되어야 하는데 '아버지'가 먼저 나타난 것도 특이한 일입니다. '아바지'는 19세기에 나타납니다. '지'가 왜 갑자기 생겨났는지에 대해서는 의문이 많습니다. '-어지, -아지'가 붙었다고 이야기하는 학자도 있으나 기능에 대해서는 논란이 많습니다. '-어지, -아지'는 '강아지, 송아지'처럼 주로 대상을 축소할 때 사용하는 접미사이기 때문입니다. 그래서 축소사라고도 합니다. 저는 '-지'를 외래의 요소로 볼 수 있다고 생각합니다.

아버지는 아무에게나 쓸 수 없는 표현입니다. 아버지는 한 분이니 당연한 말 아니냐고 생각하겠지만, 어머니를 생각해 보면 아버지가 얼마나 특이한지 알 수 있습니다. 어머니라고 부르는 사람은 많습니다. 대표적으로 시어머니를 어머니라고 부르지요. 하지만 시아버지는 아버지라고 부르지 않고 아버님이라고 부릅니다. 학교에서 선생님이 학부모를 부를 때도 어머니라고는 많이 하지만 아버지라고 하지는 않습니다. 아버님이라고 하지요.

아버지는 자신의 아버지가 아니면 잘 부르지 않는 호칭입니다. 요즘에는 '아빠'라고 많이 불러서 아버지라는 호칭을 사용하는 일이 더욱 줄어들었습니다. 나이를 먹은 사람조차도 아버지 대신에 아빠라고 부르는 경우가 많아지고 있습니다. 이러다가 아버지라는 호칭이 사라지지 않을까 하는 생각도 듭니다. 사실 저는 어릴 때도 아빠라고 부른 기억이 없습니다. 아빠라는 말에서 정이 훨씬 잘 느껴질 때면 아쉽기도 합니다. 이제 제가 아빠라고 부를 일은 정말 없겠지요.

아버지라는 호칭이 특별하게 쓰이는 경우도 있습니다. 바로 종교입니다. 기독교에서 하나님을 아버지라고 부르는데 저는 참 특별하다는 생각이 듭니다. 앞에서 말한 것처럼 아버지라는 호칭은 함부로 부를 수 없기 때문입니다. 하나님을 아버지라고 부르는 데서 놀라움을 느낍니다.

아버지라는 단어에는 감정이 담겨 있습니다. 그리고 유일하다는 느낌도 듭니다. 물론 어머니나 엄마라는 말에 훨씬 더 감정의 울림이 있는 건 사실입니다. 특히 우리나라 사람들은 아버지보다는 어머니에 대한 마음이 더 애틋했던 것 같습니다. 아마도 어머니의 사랑을 더 크게 느껴서일 것입니다. 고려시대의 가요 〈사모곡〉의 구절을 보면 잘 알 수 있습니다.

호미도 날이지만 낫같이 들 리가 없다
아버지도 어버이시지만 어머님같이 사랑하실 리 없다

아마도 예전의 아버지가 엄하고 무서운 존재여서 이런 노래가 나왔을 겁니다. 지금은 다정다감한 아버지들이 많습니다. '아버지는 언제나 강한 존재이고, 당연히 가족을 지켜야 한다!'는 인식도 많이 바뀌었습니다. 이젠 우리 모두 아버지도 힘들 수 있는 존재임을 압니다. 때론 아버지의 무거운 어깨가 느껴지기도 합니다. 아버지가 더욱 애틋하게 다가옵니다. 오늘따라 '아버지'라는 말이 더욱 정겹게 들립니다. '아버지'라는 호칭을 더욱 오래 부를 수 있기를 소망합니다.

주문을 외다,
나만의 주술을 걸다

'오늘은 왠지 기분이 좀 안 좋아!'
'오늘 꼭 나쁜 일이 생길 것만 같아!'

아침에 눈을 떴을 때 이유 없이 기분이 가라앉을 때가 있습니다. 아마도 우리 마음속에 걱정이나 불안이 있어서일 겁니다. 그럴 때 종교가 있는 사람은 기도를 하겠지만, 나만의 주문을 외워보는 것도 좋은 방법입니다.

우리말에 '주술呪術'이라는 말이 있습니다. 불행이나 재해를 막기 위해 주문呪文을 외거나 술법을 부리는 행위를 주술이라고 합니다. 주술과 주문은 그저 미신처럼 느껴집니다. 우리는 영화나 소설 속에서 주문을 외고 주술을 거는 마법사나 주술사를 볼 뿐입니다. 때로 마녀가 주술을 거는 장면에선 무섭게 느껴지기도 합니다. 사극에서는 짚으로 만든 허수아비 인형을 바늘로 찌르는 장면이 종종 나오기도 하지요. 주술에는 이렇게 저주가 담기는 경우가 많습니다.

주술은 마법사나 무당처럼 특별한 사람만 거는 건 아닙니다. 일상에서도 쉽게 볼 수 있습니다. 가장 흔한 주술 중 하나는 시험 보는 날에 미역국을 먹지 않는 겁니다. 비슷한 예로 시험 보기 전에 머리를 자르지 않거나, 손톱을 깎지 않는 사람도 있습니다. 수능이 다가오면 엿이 불티나게 팔립니다. 수능을 보는 사람에게 원하는 대학교에 꼭 붙기를 바라는 마음을 가득 담아 엿을 선물합니다.

요즘 전 세계적으로 한국 드라마와 영화가 인기입니다. 〈기생충〉〈오징어 게임〉 같은 작품을 촬영하기 시작할 때는 이렇게 세계적인 인기를 누릴 거라고 예상했을까요? 물론 작품을 만드는 관계자들은 위험 가능성을 최대한 줄이고 크랭크인하겠지만, 모두 불확실성을 안고 시작할 수밖에 없지요. 그래서인지 아직도 영화나 드라마 첫 촬영 전에 고사를 지내는 곳이 많습니다. 고사를 지내며 작품이 성공할 수 있기를 기도하고, 한편으로는 불안한 마음도 달래는 거지요. 새 차를 사면 북어나 막걸리를 놓고 절을 합니다. 사고 없이 안전하게 다닐 수 있게 해 달라고 기원하는 겁니다.

실제로 주술이 효과가 있는지는 모르지만, 모두 마음을 편하게 만들고자 하는 행동이 아닐까요? 특히 중요한 일을 앞두고 있을 때 이런 행위라도 하고 나면 마음이 좀 안정되는 기분이 들 것입니다. 사실 우리는 저마다 다양한 주술을 걸면서 삽니다. 징크스를 이겨 내는 데 자신만의 주술이 도움이 되기도 하기 때문입니다.

한편으로는 안 좋은 기억을 떨쳐 버리거나 불편한 상황을 피하기 위해 주술을 겁니다. 안 좋은 기억이 떠오르면 의도적으로 다른 생각을 하면서 안 좋은 기억을 머릿속 상자에 넣어 버립니다. 온갖 잡념과 공상으로 괴롭다면 머릿속에 상자를 만들어 보세요. 실제로 우리 머리에는 이런 상자가 있다고 합니다. 그래서 우리가 잠을 잘 때 뇌는 필요 없는 정보를 상자에 넣어 정리합니다. 그런데 안 좋은 기억까지 모두 정리하지는 않습니다. 그러니 우리가 또 다른 상자를 하나 만들어 잊고 싶은 기억이 떠오를 때 하나씩 넣으면 좋겠습니다.

요즘 아이들이 좋아하는 걱정 인형처럼, 그 상자 속에는 지금 하지 않아도 되는 걱정을 넣고 근심, 불안, 집착, 망상까지 모두

넣으면 좋겠습니다. 실제로 문제가 생기면 그때 살며시 꺼내 놓고 해결하면 어떨까요? '불안과 잡념은 상자 속으로 들어가 버려라!'라고 주문을 외어 봅시다. 그래도 자꾸 생각나면 없애려 하지 말고 생각이 그냥 흘러가게 둡니다. 그러면 생각이 슬로비디오처럼 지나가는 것 같겠지만, 어느 순간 안 좋은 생각은 상자 속에 들어가 있을 겁니다.

이왕 주술을 걸어야 한다면 좋은 징크스를 만드는 것도 좋겠습니다. '택시를 탔을 때 기사님께 친절하게 인사하면 기사님이 기분 좋게 목적지까지 데려다준다' '특정 색의 옷을 입고 약속에 나가면 기분 좋은 일이 생긴다' '아침에 좋은 글을 읽으면 그날 하루 모든 일이 술술 풀린다'처럼 말입니다.

아침에 일어나서 좋은 생각을 했는데 하루 종일 기분 나쁜 일이 생기기는 어렵지요. 생각은 꼬리에 꼬리를 무는 법이어서 나쁜 생각을 했을 때 나쁜 일이 더 많이 생기고, 좋은 생각을 하면 좋은 일이 더 많이 생깁니다. 주술을 그저 허황된 것이라고만 생각하지 말고, 나의 바람이 이뤄지길 바라는 간절한 마음을 토닥이는 행위라고 생각하면 어떨까요? 불안을 씻어 주고 안정을 선물해 주는 마법이라고 말입니다.

기지개를 켜다,
몸도 마음도 적응은 필요한 것

저는 우리말 중에서 '기지개를 켜
다'라는 말을 참 좋아합니다. 이 말을 들으면 왠지 새롭게 다시
시작하는 희망찬 느낌이 듭니다. 그래서 무슨 일을 시작할 때면
기지개를 켠다고 말하나 봅니다. 봄이 오면 겨우내 움츠려 있던
만물이 기지개를 켜고, 얼어붙어 있던 경기가 풀리면서 기지개
를 켭니다. 상황이 안 좋을 때는 우리도 한껏 움츠려 있다 기지
개를 켜면서 다시 시작할 준비를 합니다. 이 말을 들으면 저도
뭔가를 다시 시작해 보고 싶은 기분입니다.

기지개의 어원을 '기직氣直'이라는 말에 접사가 붙은 것이라고

보는 입장도 있습니다. 기를 쭉 편다는 의미이지요. 아침에 일어나면 두 팔을 뻗어서 내 몸을 최대한 늘리곤 합니다. 기지개의 어원이 한자인지는 더 공부해 보아야 할 것 같습니다.

기지개와 붙어 다니는 말로는 '켜다'와 '펴다'가 있습니다. 켜다는 당기는 것을 의미하고, 펴다는 밀어내는 것을 의미합니다. 기지개는 몸의 구석구석을 당기기도 하고 펴기도 하는 행동입니다. 몸을 본격적으로 움직이기 전에 시동을 거는 행동이지요.

기지개는 주로 피곤할 때나 잠에서 깨어날 때 합니다. 그중 더 효과가 있는 건 아침에 일어날 때 같습니다. 기지개는 밤새 긴장을 풀고 있던 몸이 갑작스럽게 일어나 놀라는 일이 없도록 해 줍니다. 기지개는 몸에 힘을 주는 동작으로 시작합니다. 팔과 다리를 뻗고, 가슴도 쭉 펴서 몸에 긴장을 주고 활력을 불어넣지요. 긴장이 때로 활력소가 될 수 있음을 보여 줍니다.

기지개를 켜지 않고 갑자기 일어날 때면 우두둑 소리가 나기도 합니다. 갑작스러운 움직임에 몸이 놀라 소리를 내는 거지요. 그래서 우리는 기지개를 켜야 합니다. 몸이 놀라지 않도록 쭉 뻗어서 즐거운 긴장을 주기도 하고, 때론 편안한 이완을 주기도 해야 합니다. 사실 우리는 몸뿐만 아니라 얼굴도 기지개를 켜고 있습니다.

졸릴 때면 나오는 하품을 자세히 살펴보니, 얼굴 근육을 자극하는 얼굴의 기지개라는 생각이 들었습니다. 말도 하고, 밥도 먹고, 활짝 웃기도 해야 하니 얼굴도 풀어야 합니다. 입 주변을 자꾸 움직이지 않으면 얼굴이 굳어 있게 됩니다. 미소를 잃은 채 표정이 딱딱하게 굳은 사람은 하품을 해 보는 게 어떨까요? 하품이 웃음을 부르고 표정을 밝게 만들어 줄지도 모릅니다.

저는 비단 아침에 일어날 때뿐만 아니라 일상의 모든 순간에 기지개가 필요하다고 생각합니다. 가족이라도 오랫동안 떨어져 있다가 다시 함께 생활하려면 적응하는 시간이 필요합니다. 서로가 좀 못마땅하더라도 서로에게 시간을 주면서 기지개를 켜듯 하나하나 적응해 가는 거지요. 일도 마찬가지입니다. 더욱이 새로운 일을 시작할 때는 반드시 기지개를 켜는 과정이 필요합니다. 기지개를 켜며 새로운 일에 우리의 세포를 서서히 적응시켜 가는 거지요.

어느 날 아침 기지개를 켜다 문득 삶과 기지개가 참 비슷하다는 생각을 해 봅니다. 세상살이도 급하게 시작하면 다치는 경우가 많습니다. 낯선 일일수록 더 그렇습니다. 몸도 마음도 적응을 하지 못하고 탈이 납니다. 급하게 결정하면 그 결정을 후회하는 일이 늘고 걱정도 늡니다. 따라서 마음이 풀려 있다면 조금은 긴장을 할 필요가 있고, 지나치게 긴장을 하고 있다면 풀어야 합니다. 마음에도 기지개를 켜는 연습을 해 봐야겠습니다. 우리의 몸과 마음에, 우리 삶의 곳곳에서 기지개를 펴는 오늘 하루가 되기를 소망합니다.

이를 악물고,
우리는 왜 이를 악무나?

어느 날, 제가 아는 유명한 치과 교수님께 놀라운 이야기를 들었습니다. 바로 두통의 원인이 이를 악무는 습관 때문이라는 것이었습니다. 두통의 원인을 모르는 많은 환자들이 이곳저곳에서 치료를 받다 그래도 통증이 사라지지 않으면 마지막으로 교수님을 찾아온다고 합니다. 그 환자들에게 교수님은 이를 악물지 못하게 입안에 틀을 넣는 치료를 한다는 것입니다.

보통 자신이 이를 악무는지 신경 쓰는 사람은 많지 않습니다. 그런데 자신도 모르게 이를 악무는 버릇을 가진 사람들이 많다고 합니다. 잠잘 때가 대표적입니다. 젊은 사람들 중에서 편두통으로 고생하는 사람의 대부분은 이를 악물고 자는 버릇 때문이라고 합니다. 실제로 이를 악무는 힘은 엄청 세서 계속 물고 있으면 머리가 아플 수밖에 없지요.

'이를 악물다'라는 말의 의미를 사전에서 보면 '단단히 결심을 하거나 무엇을 참아 견딜 때에 힘주어 이를 꼭 마주 물다'라고 나옵니다. 설명이 길지만 사실 '악'의 의미를 빼고는 '물다'라는 단어 의미를 그대로 쓰고 있습니다. 여기에서는 '악'의 의미를 찾는 게 중요합니다. 흔히 이, 입술, 입과 함께 쓰는 표현인데, 주로 '이를 악물다'라고 씁니다. 이것은 '악물다'가 '이'와 관련이 있음을 보여 줍니다. 그중에서도 어금니를 꽉 물게 됩니다. 비슷한 표현으로 '악다물다'도 있는데 이것은 '악을 다물었다'라는 의미입니다. '악'은 턱을 의미하는 한자인 '악顎'이 어원일 가능성이 높습니다. 이를 악물었다는 말은 턱을 닫았다는 의미가 되기 때문입니다.

우리는 왜 이를 악무는 걸까요? 이를 악무는 것은 고통이나 분노를 참는 모습을 나타냅니다. 방어 행동이라고 할 수 있습니다. 주먹을 쥐는 것과 이를 악무는 것은 공격과 방어 행동을 보여 줍니다. 적이 나타나면 공격하기 위해서 주먹을 쥐고, 내 이와 얼굴을 보호하기 위해서 이를 악무는 것이지요. 그래서 주먹을 쥐는 행동을 무언가 열심히 하려는 태도로 보고, 이를 악무는 것은 무언가 결심한 모습으로 보기도 합니다. 이를 악물고 지금의 고통을 참고 미래를 설계하는 것이니 간절한 마음도 느껴집니다.

나도 모르는 사이에 이를 악무는 경우는 아마도 긴장을 하고 있거나 분노했을 때일 것입니다. 물론 누가 나를 때리려고 하면 본능적으로 이를 악물기도 합니다. 이를 꽉 물어야 덜 다치기 때문입니다. 하지만 의도치 않게 이를 악물고 있는 스스로를 발견하면 자신의 감정을 돌아봐야 합니다. 어쩌면 무언가에 억눌려 있는 심리를 마주칠 수도 있습니다. 긴장과 분노가 몸에 남아 자신을 괴롭히다가 이를 악무는 버릇이 생기는 경우도 있습니다. 나를 지키려 했던 행동이 내게 독이 될 수도 있다는 사실을 기억해야 합니다.

누군가는 시도 때도 없이 이를 악물기도 합니다. 이것은 지나친 걱정과 긴장을 하고 있음을 말합니다. 무의식마저 긴장하고 있어 잘 때도 이를 악무는 사람이 여기에 해당하지요. 이를 악무는 것은 두통이라는 생각지도 못한 고통을 줍니다.

나도 모르는 사이에 이를 악물고 있다면 잠깐 입을 벌려 보세요. 입을 벌리고 있는 모습을 바보 같다고 이야기하는 사람도 있지만, 이는 긴장을 풀고 있는 모습일 뿐입니다. 바보라는 말을 듣는 사람은 긴장이 적습니다. 때로는 바보처럼 살 필요도 있습니다. 물론 늘 입을 벌리고 있을 필요는 없습니다. 다만, 이를 악물어 피곤해진 내 정신에 바람을 넣어 숨을 쉬게 해 주면 좋지 않을까요?

입을 벌리고 살짝 미소를 띠거나 노래를 불러 긴장을 없애는 것도 좋습니다. 이를 악물어 긴장된 몸과 마음에 바람이 지나가게 말입니다. 두통 환자에게 치과의사가 해 주는 처방도 이를 물지 못하게 입안에 틀을 넣는 것이라고 하니까요. 이를 악물지 않기만 해도 마음에 훨씬 여유가 생길 것입니다. 이를 악물지 않는 나, 그리고 우리가 되기를 소망합니다.

까짓것,
그 정도까지는 뭐!

　　　　　　　　　　　'왜 나한테 이런 일이 일어났을까?'

　살다 보면 이런 감정에 빠질 때가 있습니다. 이런 감정이 꼬리에 꼬리를 물어 쌓이면 집착이 되어 마음이 힘들어집니다. 어느 것에서 헤어날 수 없는 감정을 집착이라고 합니다. 어떻게 보면 애착도 집착입니다. 고집과 애착을 보면 집착이 보입니다. 문제는 나쁜 것에 대한 집착, 고민에 대한 집착, 힘듦에 대한 집착입니다.

　이런 집착을 끊는 우리말이 '까짓것'입니다. 까짓것은 '까짓'에서 출발한 말로, 별것 아니라는 뜻으로 쓰입니다. 까짓것은 명사로 쓰이는 경우도 있지만 감탄사로 쓰이기도 합니다. '이 까짓것, 그 까짓것'이라는 표현에서 보면 원래 '까지'라는 말과 관련이 있었을 것으로 보입니다.

까짓것은 대수롭지 않은 것이라는 의미로도 볼 수 있습니다. 대수롭다는 말은 '어떤 일을 중요하게 생각한다'는 뜻입니다. 대수는 대사大事라는 말에서 변한 것으로 보고 있습니다. '그 까짓것이 대수야?'처럼 함께 쓰이는 경우도 있지요. '그게 큰일이야?'라는 의미로 볼 수 있습니다.

그런데 실제로는 어떤 괴로운 일이 생겼을 때 무시하고 지나치기가 쉽지 않습니다. 마음으로는 아무리 별거 아니라고 생각해도 신경은 온통 괴로운 쪽으로 향합니다. 괴로운 일 자체도 힘이 들지만 신경을 쓰는 게 더 힘들게 만듭니다. 신경을 쓰면 엄청난 에너지가 소모됩니다. 자는 동안에도 날카로운 신경은 에너지를 씁니다. 힘든 일을 겪었을 때 살이 빠지는 건 그런 이유 때문일 겁니다.

'까짓것'이라는 말을 들으면 '별거 아니니까 툭툭 털어 버리자'라는 느낌이 들며 속이 시원할 때가 있습니다. 우리 마음속에서 어떤 것을 지나치게 중요하게 여기기 때문에 집착이 생기기도 합니다. 어쩌면 그다지 중요하지 않다는 것을 우리 스스로 잘 알고 있기도 합니다. 하지만 중요하다는 생각에 한 번 빠지면 헤어나지를 못합니다. 생각은 바깥을 맴돌다가 다시 제자리로 돌아가기 때문에 벗어나기가 힘듭니다.

까짓것의 의미를 '까지'와 비교해서 보면 '그 정도까지는 괜찮다'는 느낌이 있습니다. 예를 들어 100만 원을 잃어버렸을 때 '까짓것 100만 원 원래 없었다고 치지 뭐!'라는 말에는 100만 원까지는 나에게 없어도 되는 돈이라는 생각이 담겨 있는 겁니다. 까짓것은 그런 정도까지라는 의미를 담고 있습니다. 그 정도는 괜찮다고 스스로에게 말하는 겁니다. 즉, 대수롭지 않게 여기라는 의미입니다. 까짓것의 범위가 넓어지면 넓어질수록 마음도 덜 괴롭고 우울함도 줄어듭니다.

저는 괴로울 때 까짓것이라는 단어가 해결책이 될 수 있다고 생각합니다. 힘들겠지만 내가 지금 겪는 일을 대수롭지 않게 넘겨야 마음을 진정시킬 수 있습니다. 더 심각한 상황을 생각해 보면 지금을 까짓것으로 넘길 수 있습니다. 쉬운 일이 아니지만 까짓것은 나를 조금 더 긍정적이고 적극적으로 만들어 줍니다.

까짓것을 속으로만 생각하지 말고 입 밖으로 외쳐 보는 것도 도움이 됩니다. 소리를 내면 더 힘을 얻습니다. 돈이 문제면 까짓것 다시 벌면 되고, 공부가 문제면 까짓것 다시 열심히 하면 됩니다. 대학교에 떨어져도 우리의 긴긴 인생에서 1~2년쯤 재수하는 것이 큰 문제는 아닐 겁니다.

사람과의 관계에서 문제가 생겨도, 견디기 힘든 일이 일어나도 까짓것이라고 외치면 됩니다. 사랑하는 사람과 헤어지면 세상이 온통 잿빛으로 보입니다. 길거리에 핀 꽃도 시들어 보이고, 세상의 모든 사물도 빛을 잃은 것 같습니다. 우리의 마음이 사랑하는 그 사람에게 갇혀 집착하기 때문에 생기는 현상입니다. 그럴 때 까짓것은 마음의 주문이 됩니다. 나를 다시 세워 주고, 부정의 생각을 없애는 주문입니다. 까짓것은 나를 이겨 내는 말입니다. 나를 용서할 수 있고, 남도 용서할 수 있는 말입니다. 정말 힘들다면 주문을 외워 보세요. 까짓것!

유성,
별똥별

하늘은 늘 우리에게 놀라움을 줍니다. 아침에 일어나서 하늘에 떠오르는 태양을 보는 것만으로도 가슴이 벅차오릅니다. 매일 뜨는 태양이지만 그 모습이 항상 같지는 않습니다. 구름에 가려지고, 산을 비껴 가며 새롭게 하루를 시작합니다. 해돋이는 늘 우리를 새롭게 하고, 석양은 늘 따뜻한 위로가 됩니다. 하루를 보낸 태양이 저리도 아름답게 어둠 속으로 사라지다니요. 저는 하늘이 보여 주는 다양한 모습에 감동합니다. 맑은 하늘도, 구름 낀 하늘도, 비 오는 하늘도 저마다의 매력이 있습니다.

저는 아들만 둘입니다. 둘째가 천체물리학을 공부해서 아이와 별에 관한 이야기를 자주 합니다. 낮에 보는 천체는 하늘이고, 밤에 보는 천체는 밤하늘의 별이지요. 며칠 전 아들과 함께 밤길을 걷다 밤하늘을 올려다보았습니다. 밤하늘을 올려다본 게 정말 얼마 만인지 모릅니다. 그날은 유성우流星雨가 내린다고 해서 밤하늘을 내내 올려다보며 길을 걸었습니다. 오랜만에 밤하늘을 자세히 보니 겨울 밤하늘이 애틋하게 다가왔습니다.

유성이 비처럼 내린다는 유성우이지만 인공 빛이 많은 도시에서 유성을 보는 건 쉬운 일이 아닙니다. 산속이나 자연을 찾아가야 하지요. 우리의 풍습인지는 모르겠으나 유성이 떨어질 때 소원을 빌면 소원이 이루어진다는 말이 있습니다. 나이가 들면서 소원이 점점 많아지는 요즘입니다. 가족의 건강도, 친구의 행복도, 제자의 기쁨도 모두 빌고 싶었습니다.

하지만 유성은 좀처럼 보이지 않았습니다. 맑은 겨울 하늘에는 제가 제일 좋아하는 오리온자리가 뚜렷이 보일 뿐이었습니다. 오리온자리에 눈이 한참 머물러 있을 때 빠른 속도로 유성이 오리온자리 위로 지나갔습니다. "와!" 감탄이 절로 나오는 광경이었습니다. 서울 밤하늘에서 유성을 만나다니요. 너무 빠른 속도로 떨어져서 소원을 빌지 못했지만 유성을 본 것만으로도 기뺐습니다. 그 자리에서 조금 더 기다리니 또 하나의 유성이 떨어졌습니다. 이번에는 유성이 떨어진 후 소원을 빌었습니다. 건강과 행복에 대해!

하늘은 저에게 유성의 신비를 보여 주었습니다. 우리에게는 유성이 작은 점처럼 보이지만 실제로 그 크기는 어마어마할 겁니다. 이제는 유성이 무엇인지 과학적으로 밝혀져서 예전의 두려움은 사라졌지만 설렘은 여전히 남아 있습니다. 유성 덕분에 기쁨을 느낀 밤이었습니다.

유성을 보고 나니 유성이 우리말로 '별똥'인 게 재미있습니다. 이토록 설레고, 신비로운 현상에 '똥'이라는 어휘를 붙였다니 웃음이 납니다. 똥이라는 더러운 느낌의 어휘가 별과 별 사이에 들어와 참 예쁘고 서정적인 말이 되었습니다. '별똥별'의 느낌이 참좋습니다. 하긴 우리는 '불똥이 튀다'나 '닭똥 같은 눈물'이라는 말도 합니다. 우리가 사는 세상의 일이니 더러울 게 뭐가 있을까요. 생각해 보면 더러울수록 오히려 재미있기도 합니다.

아이들에게 똥 이야기를 하면 까르르 웃습니다. 어른들은 입밖에 내기를 꺼려하지만 아이들은 오히려 자꾸 이야기를 합니다. 어쩌면 작은 것에도 신나던 그때가 그리워 별똥별이라는 말이 더 즐겁게 들리나 봅니다. 별똥이라는 말에서 한 번 더 기쁘

게 웃습니다. 재미있네요.

그러고 보니 우리말에는 별에 관한 고유어가 유난히 적은 것 같습니다. 전문가들은 더 많은 용어를 알지도 모르겠으나 제 머릿속에 떠오르는 말은 샛별, 미리내(은하수) 정도가 다입니다. 미리는 원래 미르에서 온 말로 한자로 하면 용천龍川이지요. 별똥별, 아주 귀한 고유어라 우리가 더욱 많은 상상의 나래를 펴나 봅니다.

실수失手,
손을 놓치는 일

　　　　　실수는 두려운 일입니다. 사람들
은 실수를 하지 않으려고 애를 쓰고, 혹여 실수를 하면 스스로
바보 같다며 자책합니다. 실수를 하지 않으려는 마음이 스트레
스가 되기도 합니다. 실수를 두려워하는 마음이 걱정과 근심이
되고, 실수를 돌아보면서 후회가 쌓입니다.

　그런데도 여전히 우리는 세상을 살면서 많은 실수를 합니다.
어떤 실수는 금방 만회하기도 하고, 어떤 실수는 평생 돌이키지
못해서 후회로 남습니다.

　실수라는 단어의 한자를 보면 재미있습니다. 실수失手는 손을

놓치는 겁니다. 손에서 놓치는 것이라고도 할 수 있습니다. 일부러 놓는 경우는 실수가 아니지만 엉겁결에 손에서 미끄러지거나 딴생각을 하다가 손에서 떨어뜨리면 실수입니다. 실수는 우리를 무척이나 당황스럽게 만듭니다.

실수로 무엇을 떨어뜨렸을 때 깨지는 물건이나 비싼 물건이 아니라면 크게 놀라지는 않습니다. 물론 내 발에 떨어진다면 아파서 놀라기는 하겠지요. 하지만 무척 아끼는 물건 또는 하나밖에 없는 물건이라면 놀라고 상심하게 됩니다. 소중한 물건이 손에서 떨어질 때 마음은 허망함으로 가득 찹니다. 어떤 경우에는 떨어지는 모습이 마치 슬로비디오처럼 느껴지기도 합니다. 생생하기에 더 허무하지요.

그래도 물건을 놓치는 실수는 좀 낫습니다. 사람을 놓치는 실수에 비하면 말이지요. 사랑하는 사람의 손을 놓쳐서 영영 다시 잡지 못하는 경우도 있습니다. 잠시 사랑을 잊고 한눈을 팔다가 손을 놓치는 것은 아닐까요? 어릴 적 복잡한 군중 속에서 엄마 손을 놓쳐 본 적 있는 사람은 가슴 철렁한 감정을 이해할 겁니다. 가슴이 쿵쾅거리고 정신이 없어 어쩔 줄을 모릅니다. 눈앞이 깜깜하다는 말은 이럴 때 쓰지요.

엄마를 찾으러 뛰어다니다가 겨우 엄마를 다시 만났을 때 기뻠인지 서러움인지 모를 눈물이 터져 나옵니다. 엄마는 "앞으로 손 꼭 잡고 다녀!" 하면서 나무라지만 엄마 역시 놀란 가슴이 진정이 안 됩니다. 손을 놓친 실수는 아이의 잘못만이 아님을 잘 알고 있기 때문입니다. 다시 만난다면 다행이지만 영영 잃어버린다면 이보다 더 뼈아픈 실수가 어디 있을까요?

사람을 잃어버리는 이유와 마찬가지로 주의를 기울이지 않으면 실수가 발생합니다. 당연히 그 사람이 내 손을 꼭 잡고 있을 거라 믿다가 실수를 하게 됩니다. 사람을 놓치는 일은 종종 사랑을 잃는 일과도 연결됩니다. 내 마음이 딴 곳을 향하고 있으면 옆에 있는 사람을 놓치게 되는 겁니다. 사람의 손을 놓치는 것은 생각지 못한 순간에 일어나 오랫동안 괴로움으로 남습니다. 무엇에 정신이 팔려서 사람을 잃었을까요? 무슨 일 때문에 사랑을 놓쳤을까요?

실수란 그런 겁니다. 손을 놓쳐서 놀라고 아픈 겁니다. 내 실수가 남들에게 즐거움을 주었다면 그나마 다행이고, 내 실수가 아끼는 물건을 잃은 것이라면 아쉽지만 그나마 다행입니다. 내 실수가 돌이킬 수 있는 것이라면 그나마 다행입니다. 내 실수가 사람을 영원히 잃는 것이 아니라면 말입니다. 실수라는 단어를 곱씹으며, 내가 살아오면서 무엇을 놓쳤는지 생각해 봅니다. 아픈 순간들이 쓰리게 스쳐 갑니다. 조금 더 자주 돌아보고, 조금 더 손을 꼭 잡으면 실수를 줄일 수 있습니다.

예전에 한 제자가 아침에 형과 싸웠는데 형이 그날 교통사고로 세상을 떠났다는 이야기를 한 적이 있습니다. 그 일은 제자에게 오랫동안 한으로 남았습니다. 돌이킬 수 없는 치명적인 실수를 한 것이지요. 그때 바로 돌아서서 "형 미안해!" 이 한마디만 했다면 어땠을까요? 아마 지금보다는 마음이 덜 무거웠을 겁니다. 생각보다 많은 경우에 "미안하다" 한마디만 제대로 할 줄 알아도 사람을 잃는, 사람을 놓치는 실수는 하지 않을지도 모릅니다. 진심 어린 사과 한마디만 제대로 할 줄 알아도 지금과는 참 많은 것들이 달라질지도 모릅니다. 인생에서 돌이킬 수 없는 뼈 아픈 실수는 더 이상 없기를 소망합니다.

숟가락,
전쟁의 도구와 식사의 도구

흔히들 칼은 전쟁의 도구이고, 숟
가락은 식사의 도구라고 합니다. 둘은 전혀 쓰임이 다른 도구로
보입니다. 물론 때로는 식탁 위에 칼과 숟가락이 동시에 오르기
도 합니다. 칼이 식탁에 오르는 이유는 음식을 원하는 크기로
직접 잘라 먹으라는 의미입니다. 한국인의 식탁에서는 어색한
장면이지요. 우리 문화에서는 미리 음식을 잘라서 식탁에 올리
기 때문입니다. 문화에 따라 배려하는 방식이 다름을 알 수 있
습니다.

칼과 숟가락의 우리말 어원을 보면 칼과 숟가락을 어떻게 대

해야 할지 알 수 있을 듯합니다. 숟가락의 '숟'은 한 술, 두 술 할 때 쓰는 술에서 온 말입니다. 그리고 칼의 어원은 '갈'에서 찾을 수 있습니다. 우리가 잘 아는 생선 '갈치'는 칼 모양으로 생긴 고기라는 뜻이지요. '칼을 갈다'라고 할 때의 '갈다'도 어원적으로 칼과 관련이 있을 것입니다. 후대로 오면서 '갈'이 거센소리로 변해서 '칼'이 되었지요.

천국과 지옥 관련 이야기 중에는 긴 숟가락 이야기가 있습니다. 천국과 지옥에서는 먹는 음식도 똑같고, 긴 숟가락으로 먹어야 한다는 점도 똑같다고 합니다. 그 숟가락이 얼마나 긴지, 앞에 있는 음식을 푸기도 어렵고, 그 음식을 먹기는 더욱 어렵다고 합니다. 그런데 천국에서는 긴 숟가락으로 서로에게 음식을 나눠 줍니다. 조심스럽게 떠서 서로에게 먹여 주기도 합니다. 비록 우화일 뿐인데도 감동적입니다. 가끔 음식을 제대로 전달하지 못하여 떨어지기도 할 겁니다. 그래도 천국에 있는 자들은 화를 내지 않고 웃습니다. 진정한 천국이지요.

지옥은 말 그대로 지옥입니다. 긴 숟가락으로 자신의 배만 채우려고 하니 완전히 난장판입니다. 자기 앞에 있는 음식은 긴 숟가락으로 푸기 어려우니 남의 음식에 숟가락을 뻗칩니다. 서로 빼앗는 것이지요. 그렇게 힘겹게 긴 숟가락으로 뜬 음식을 자기

입에 넣으려고 하니 들어가지 않습니다. 화가 치밀고 신경질과 짜증이 넘쳐 납니다. 숟가락은 싸움의 도구가 됩니다. 숟가락으로 서로를 때리니 여기저기에 울음소리가 납니다. 숟가락도 상처가 가득해집니다. 정말로 지옥입니다.

아마도 탈무드 이야기 중 하나인 듯한데, 숟가락으로 식사를 하는 걸 보니 우리 문화와 가까운 곳의 이야기가 아닐까 합니다. 대개는 포크와 나이프로 식사를 하거나 아시아권에서는 젓가락으로 식사를 하는 문화도 있습니다. 숟가락은 우리와 떼려야 뗄 수 없는 문화라고 할 수 있습니다. '숟가락을 놓다'라는 말은 죽는다는 뜻입니다. '옆집에 숟가락이 몇 개인지도 안다'라는 말도 있습니다. 그 집안의 사정을 잘 안다는 뜻이지요.

저는 긴 숟가락 우화를 보면서 문득 '칼도 마찬가지구나' 하는 생각이 들었습니다. 칼은 전쟁의 도구라는 생각이 듭니다. '펜이 칼보다 강하다'든지, '칼로 흥한 자 칼로 망한다'는 말을 떠올리면 더욱 그렇습니다. 가만 생각해 보면 칼이 전쟁의 도구로 쓰일 일이 얼마나 있었을까요? 보통 사람은 칼을 전쟁의 무기로 쓸 일은 평생 한 번도 없을 겁니다. 누구를 위협할 일조차 없겠지요. 그렇다면 우리에게 칼은 정말 무기일까요?

칼은 보통 요리 도구로 우리 곁에 있습니다. 칼의 모습은 무서워 보이나 실제로는 우리 삶을 풍요롭게 하는 도구입니다. 칼이 없었다면 우리는 음식을 다양하게 만들어 먹지 못했을 겁니다. 숟가락이 식사의 도구이듯이 칼도 식사의 도구입니다. 누구를 다치게 하려고 만든 것이 아닌데, 칼을 무기로 사용합니다. 칼이 무기가 되는 순간 세상은 지옥이 됩니다. 맛있는 요리는 그대로 천국인데 말입니다.

전에 민속박물관에서 천국과 지옥을 그린 그림을 봤습니다. 지옥의 그림은 예상한 대로였습니다. 불에 타고, 온갖 징그러운 짐승이 있고, 온몸이 잘린 비참한 광경이었습니다. 그럼 천국은 어떤 모습이었을까요? 바로 아내의 어깨를 주물러 주는 남편의 모습이 담겨 있었습니다. 그림을 보자마자 천국을 이해할 수 있었습니다. 그러고 보면 천국은 참 쉽습니다. 칼도, 숟가락도, 그리고 내 손도 모두 천국을 만듭니다.

2장

감정이입

고통,
고통의 크기를 잴 수 있을까?

　　　　　　　　고통, 그 아픔의 크기를 잴 수 있
을까요? '힘들다, 견딜 수 없다, 죽을 만큼 아프다.' 이런 고통의
표현들은 있지만, 고통의 크기를 잴 수는 없을 겁니다. 그저 아픔
을 드러내거나 강조하는 표현일 뿐입니다. 서로 다른 고통을 비
교하는 것은 쉬운 일이 아닙니다. 내 고통과 남의 고통을 비교하
는 것도 쉬운 일이 아닙니다. 누구나 자신의 고통이 가장 아플
겁니다.

　'고통苦痛'은 사전에 '몸이나 마음의 괴로움과 아픔'이라고 정
의되어 있습니다. '괴롭다'와 '아프다'가 합쳐진 말이라고 할 수

있습니다. 사실상 비슷한 말을 합쳐서 의미를 강조하는 표현이라고 할 수 있습니다. 이런 표현을 국어학에서는 동의중첩이라고 합니다.

최근 몇 년간 여러 가지 일로 바빴습니다. 작년 여름이 되어서야 바쁜 일들이 하나둘씩 끝나고 조금의 여유가 생겼습니다. 비로소 그동안 연락하지 못했던 지인들의 얼굴이 하나씩 떠올랐습니다. 그날은 마음먹고 한 지인 분께 전화를 드렸습니다. 전화기 너머로 차분한 목소리가 들려 왔습니다. 원래는 전화를 하면 굉장히 반갑게 전화를 받으시는데, 그날은 평소와는 좀 다른 느낌이었습니다.

아니나 다를까 최근 어깨, 척추 통증이 너무 심해서 고생을 많이 했다고 합니다. 그 담담한 목소리의 실체를 알 수 있었습니다. 고통, 힘든 일을 겪어 낸 사람들만 가질 수 있는 담담함이었습니다.

"이렇게 아플 거면 차라리 죽는 게 낫겠다는 생각이 들었습니다."

얼마나 아팠으면 그런 생각이 들었을까요? 이렇게 힘겨워하는 동안 저는 뭐가 그리 바빠서 연락 한 번 못해 봤을까, 후회가 밀려들었습니다.

그분과 통화가 길어지자 어느새 지인의 아픔은 잊어버리고, 요즘 저의 괴로운 마음을 하소연했습니다. 그런 제게 지인 분이 들려주신 말입니다.

"그래도 아픈 것보다는 낫잖아요. 아프지만 마세요. 아프면 세상만사 아무것도 소용없습니다. 아프지 않은 것만 해도 삶의 커다란 축복이에요."

우리는 누구나 공감과 소통을 원하지만 아픔은 직접 겪고 있는 사람이 가장 날카롭게 느낍니다. 완전한 공감은 어려울 수밖에 없습니다. 비록 예전에 비슷한 고통을 겪었다고 해도 자신의 고통은 이미 끝났기 때문에 당시의 고통을 생생하게 기억하기는 어렵습니다. 군이 고통의 크기를 비교할 수 있는 경우는 다른 고통이 함께 있을 때입니다. 보통 여러 개의 고통이 한꺼번에 오는 경우는 많습니다. 그때는 어떤 고통이 어느 정도로 더 심한지 알 수 있겠지요.

병원에서 받는 가장 어려운 질문 중 하나가 고통의 정도를 표시해 보라는 겁니다. 고통을 1에서 10까지 나누어 놓고 어디쯤 해당하는 것 같은지 묻는 질문인데, 답하기가 쉽지 않습니다. 왜냐하면 우리는 모든 고통을 겪어 본 것이 아니기 때문입니다. 특히 10에 해당하는 고통을 겪어 본 사람은 거의 없을 겁니다. 그러니 고통의 정도를 표시하기 어렵습니다.

정신적 고통은 더더욱 정도를 표현하기 어렵습니다. 그 수많은 고통을 직접 겪어 보지 않았기 때문입니다. 부모를 잃는 고통, 자식을 잃는 고통, 배신을 당하는 고통, 꿈을 잃는 고통, 시험에 실패하는 고통, 따돌림을 당하거나 놀림을 당하는 고통, 의심을 받는 고통……. 어느 것이 더 고통스러운지 말하기 어렵습니다. 각각의 상황에서도 느끼는 정도가 모두 다릅니다.

사람들은 다른 이의 큰 상처보다 자신의 손톱 밑에 박힌 가시가 더 아프고 신경이 쓰입니다. 자신의 썩은 이 하나가 정말 아픕니다. 정신적 고통도 마찬가지입니다. 다른 사람은 별거 아닌 것처럼 이야기해도 당사자에게는 참을 수 없는 고통이 되기도 합니다. "그 정도 갖고 힘들어하냐"라는 말은 힘든 사람을 더욱 아프게 하는 말이지요. 고통의 크기는 함부로 잴 수 있는 게 아니고, 당사자는 그게 가장 힘든 일이라는 것을 이해해 주어야 합니다. "그래도 아픈 것보다는 낫잖아요!" 자신의 아픔은 뒤로 한 채 그 순간 마음고생하고 있는 저에게 위로의 말을 건네던 지인의 따뜻한 마음을 다시 한번 느낍니다.

괴롭다,
일종의 성장통

　　　　　　세상을 살다 보면 괴로운 일이 참 많습니다. 어쩌면 괴로운 일을 계속 생각하면서 더 큰 괴로움에 빠지는지도 모릅니다.

　'괴롭다'는 말은 맛이 쓰다는 뜻입니다. 어원이 '고롭다'인데, 여기에서 '고'가 '쓸 고苦'입니다. 쓸쓸한 느낌이 괴로움일 수 있겠네요. 육체적으로 아픈 것은 통痛이고, 정신적으로 아픈 것은 고苦가 아닐까 합니다. 우리는 이러한 상태를 '고통苦痛'이라고 합니다.

　이 고통에 대한 이야기 때문에 더 괴롭지 않기를 바랍니다.

부정적인 생각은 반복적으로 내 마음과 머릿속을 부정적으로 바꾸기도 합니다. 부정에 매몰되어 버리는 것이지요. 하지만 괴로움이 꼭 부정적인 것은 아닙니다. 괴로움은 때로 긍정적인 영향도 줍니다.

저의 스승님이신 스토니브루크 뉴욕주립대학의 박성배 선생님은 유독 '괴롭다'는 말을 자주 하셨습니다. 불교계의 큰 어른인 선생님은 의학을 공부하다가 서당에서 1년 동안 유학을 공부했습니다. 이후 다시 동국대로 편입해 불교를 공부하고 동국대 교수가 되었습니다. 그러다 결국 출가를 했고, 다시 미국으로 가셨습니다. 어느 날, 저는 박성배 선생님을 떠올리며 의문을 가졌습니다.

'선생님은 왜 한곳에 안착하지 못하고 떠도는 것인가!'

며칠 동안 고민을 하다 나름의 답을 얻었습니다. 인간이 깨달음을 얻으려면 두 가지가 필요합니다. 첫째는 좌선坐禪입니다. 인간은 두 발로 세상 어디든 돌아다니는 존재입니다. 그래서 사람을 만나면 제일 먼저 하는 말이 "앉아라"입니다. 좌선하라, 즉 '너를 들여다보라'는 것이지요. 내가 세상 어디든 가기 위해서는 한곳에 앉아서 좌선과 참선을 하는 과정이 반드시 필요합니다. 그런데 사람들이 앉지 않고 돌아다니기만 하는 것이지요.

그다음이 일어나는 것입니다. 그런데 또 깨달음을 얻으려는 많은 사람이 앉아만 있습니다. 앉아서 깨달음을 얻었으면 일어나는 과정도 필요합니다. 그것을 순례巡禮라고 합니다. 깨달음의 과정은 순례의 과정이지요. 중생 속으로 가는 것입니다. 박성배 선생님은 몸소 그 과정을 실천했습니다. 선생님의 삶은 순례의 연속이었고, 깨달음의 연속이었습니다. 불교의 가장 큰 가치는 깨달음과 중생 구제입니다. 참선을 하면서 스스로에 대한 깨달음을 얻고 중생 속으로 걸어 들어가 중생을 구제하는 삶이었습니다.

스스로를 깨뜨리고 나면 성장한 자신을 발견하는데, 이것이 바로 순례입니다. 저는 신라 시대 화랑도 비슷하다고 생각합니다. 화랑은 나라의 여러 곳을 돌아다니며 즐기고 깨달았습니다. 그래서일까요? 화랑도를 다른 말로 하면 국선國仙입니다. 나라에서 훌륭한 아이들을 뽑아서 세상을 떠돌며 깨달음을 얻게 한 것입니다. 이렇게 순례를 한 다음에는 다시 좌선을 하는 과정이 되풀이됩니다. 좌선과 순례는 모두 참선입니다.

그래서인지 선생님은 늘 "괴로워요"라고 했습니다. 그런데 이상하게도 그 말을 할 때면 표정에서 괴로움과 함께 희열도 느껴지곤 했습니다. 괴로움은 고통스러운 일이지만 괴로운 일을 극복했을 때는 기쁨이 되기 때문에 두 표정이 한꺼번에 느껴졌던 겁니다. 괴로운 일이 없었다면 기쁨을 알지 못했을 겁니다. 괴롭다는 것은, 고통스럽다는 것은 내가 자라고 있다는 의미이기도 합니다. 일종의 성장통成長痛이지요. 나의 괴로운 부분을 살펴보면 자라는 부분을 알 수 있습니다.

박성배 선생님은 깨달음을 알지 못하면서 깨달음을 강의했던 순간이 가장 괴로웠다고 말씀하셨습니다. 종교 강의는 아마 모두 비슷할 겁니다. 자신이 정확하게 경험해 보지 못한 것을 가르치는 일은 괴롭습니다. 불교학자인 선생님에게 불교의 수많은 신비한 체험은 환희인 동시에 괴로움이었을 겁니다. 모든 괴로움의 순간이 성장의 환희가 되기를 소망합니다.

길흉,
가야 하는 사람의 길

　　　　　　　제가 평소 존경하는 전헌 선생님
의《역경易經》에 관한 강의를 들었습니다.《역경》과 '신탁'은 비슷
한 점이 있습니다. 신탁神託은 신이 인간의 물음에 답하거나 신
의 뜻을 나타내는 것을 말합니다. 신탁에서 흉한 내용이 나올 때
피하려고 하는 경우와 받아들이는 경우는 전혀 다른 결과를 빚
습니다. 전헌 선생님은 오이디푸스, 아브라함, 예수의 이야기를
하시며 길흉에 대한 이야기를 들려주셨습니다.

　오이디푸스의 이야기와 아브라함의 이야기는 정반대의 이야

기입니다. 오이디푸스의 이야기에서는 자식의 손에 죽게 된다는 신탁을 받은 왕이 아들을 버립니다. 비록 아들은 친부모에게 버림을 받았지만 잘 자랐고, 결국에는 신탁 내용대로 아버지를 죽이고 왕이 됩니다. 물론 아버지인 줄 모르고 죽인 것이지만 말입니다. 흉을 피하려고 했지만 피하지 못했고, 오히려 자식을 버리는 더한 흉을 겪고 말았습니다.

아브라함의 이야기에서는 아브라함이 100세가 되어 얻은 아들을 하나님께 바치라는 신탁을 듣게 됩니다. 아브라함은 물론 마음이 너무 아프고 힘들었지만, 신의 말은 거역할 수 없다고 생각하고 신께 아들 이삭을 바칩니다. 하나님은 아브라함의 믿음을 보고 아들 대신 양을 바치게 합니다. 흉한 일은 우리 인생에서 일어나지 않을 수 없습니다. 흉인 줄 알았는데 나중에 길이 되기도 합니다.

예수의 이야기는 어쩌면 세상에서 가장 흉한 이야기일지 모릅니다. 아들이 어머니의 눈앞에서 십자가에 매달려 죽게 되는 이야기이지요. 예수도 피할 수 있다면 피하고 싶지만, 하늘의 뜻이라면 따를 수밖에 없다고 말합니다. 세상에서 가장 흉한 이야기가 가장 길한 이야기가 되어 지금까지 우리에게 전해지고 있지요. 그래서 예수의 삶을 복음이라고 합니다.

'길흉吉凶'은 운이 좋고 나쁨을 의미합니다. 길흉화복吉凶禍福이라는 말로도 쓰입니다. 길이 복이고, 흉이 화인 셈입니다. 재미있는 것은 '길'에서 시작하여 '복'으로 끝난다는 점입니다. 해피엔딩이네요. 길흉을 따로 쓰기도 하는데, '흉하다'라는 말은 여러 의미로 쓰입니다. '보기 좋지 않다'처럼 말이지요. 그 뜻이 점점 더 좋지 않은 의미로 파생되는 것 같아 씁쓸하네요.

우리 인생에서 흉을 완전히 피해갈 수는 없습니다. 그렇기에 주어진 삶을 받아들이고, 그 삶에 최선을 다하려는 마음이 중요합니다. 옳은 길이라면 더욱 흔들리지 않고 그 길을 걸어가야 합니다. 설령 누군가가 그 길에는 흉이 있을지 모른다고 말해도 때로는 그 길을 가야 할 때도 있습니다. 그 길이 진리의 길이라면 말입니다.

두 사람이 추운 겨울날 길을 걷다가 쓰러져 있는 사람을 봤습니다. 두 사람은 어떻게 할까 망설이다 서로에게 자신의 생각을 말합니다. 먼저 입을 연 사람은 저 사람을 업고 가면 우리까지 죽을 수 있다고 합니다. 반면 다른 사람은 그렇다고 저 사람을 두고 가면 죽을 수도 있으니 업고 가자고 합니다. 결말은 업고 간 사람은 서로의 온기로 오히려 살아남게 되고, 혼자 갔던 사람은 얼어 죽게 됩니다. 힘들 걸 알지만 사람의 길을 걸은 것이지요.

어떤 사람이 그러더군요. "만약 더운 여름날이었으면 어땠을까요? 그랬다면 업고 간 사람이 죽지 않았을까요?"라고. 재미있지만 답하기 어려운 질문이었습니다. 그런데 어차피 그들의 선택은 같지 않을까요? 쓰러져 있는 사람이 얼어 죽을까 봐 업고 갔던 사람은 똑같이 업고 갈 것이니까요. 죽어 가는 사람을 두고 갈 수는 없다는 거지요. 그게 사람의 길이고, 진리이기 때문입니다.

새로운 이야기의 결말은 어떻게 될지 모르겠지만 아마도 슬픈 결말은 아닐 겁니다. 어떤 결말이든 간에 아름다운 이야기로 남게 될 겁니다. 흉을 피하려고 사람의 길을 버리거나 진리를 벗어나서는 안 됩니다. 새해가 되면 사람들은 신년 운세에 관심이 많습니다. 길한 일은 길해서 좋고, 흉한 일은 흉이어서 깨달음을 줍니다. 길흉을 마주하면서 세상을 어떻게 살 것인가 생각해 보는 우리가 되었으면 합니다. 비록 흉이더라도 사람의 길을 갈 수 있기를 소망합니다.

망설임,
짧을수록 좋다

     '망설임'이라는 단어를 볼 때마다
어쩔 줄 몰라 하는 마음을 보고 있는 듯합니다. 어원은 알기 어
려운 단어이지만, 어감으로는 마음이 설은 상태처럼 보입니다.
근거를 찾기 어려운 민간 어원인 듯합니다. 무언가 결정하지 못
하고 있는 상태를 망설임이라고 말합니다. 제게 망설임은 밥이
설었다고 표현할 때 '설다'의 느낌으로 다가옵니다. 미숙하다는
의미로도 볼 수 있을 겁니다. 중세 국어에서 '설우다'라는 말이
'마음이 편치 않다'는 의미로 사용되기도 했습니다. '마음'과 '망'
의 유사성은 더 공부해 봐야겠습니다. 어원은 단순한 호기심에

서 시작해서 과학으로 나아가는 학문이라는 생각이 듭니다. 공부도 망설이지 말고 해야 합니다.

우리는 할까 말까 망설이는 일이 많습니다. 좋은 일이라면 보통 망설이지 않겠지요. 망설임의 기본 조건은 하기 싫음에 있습니다. 하기는 싫은데 해야 하는 일이거나 누군가에게 부탁을 받은 경우에 망설이게 됩니다. 어쩔 수 없이 반드시 해야 하는 일은 오히려 망설이지 않고 합니다. 누군가의 부탁이 아니라 명령인 경우에도 망설임은 적을 수밖에 없습니다. 거역하기 어렵기 때문입니다. 부탁도 어떤 부탁이냐에 따라서 달라질 겁니다. 정말로 내가 아니면 안 되는 부탁이라면 들어주는 게 좋겠지요.

물론 하고 싶은 일을 망설일 때도 있습니다. 사랑 고백을 할 때 망설이게 됩니다. 물건을 사거나 여행을 떠날 때도 망설입니다. 여러 가지 조건이 나를 붙잡고 있기 때문입니다. 아직 자신의 마음을 모르겠어서, 금액이 비싸서, 시간이 없어서…… 망설이는 이유는 다양합니다. 인생은 선택의 연속이자 망설임의 연속입니다.

왜 결정을 못하고 괴로워할까. 망설임은 종종 자신을 바보처럼 느껴지게 합니다. 우리가 망설이는 가장 큰 이유는 좋은 결과를 맞이하고 싶기 때문입니다. 인생은 한 번뿐이기에 시행착오를 겪지 않고 현명한 선택으로 좋은 결과를 맞고 싶은 것이지요. 지금 내 앞에 두 개의 인생 상자가 있다고 해 봅시다. 내가 어떤 걸 택하는지에 따라서 내 인생이 달라질 수 있다면, 과연 망설임 없이 쉽게 선택할 수 있을까요?

망설임의 해결책은 생각보다 간단합니다. 하고 싶은 거라면 하고, 하기 싫은 거라면 하지 않는 겁니다. 어떤 결과가 나오든 받아들일 수 있는 용기, 한 번뿐인 인생이지만 기꺼이 시행착오를 겪을 마음의 준비가 되어 있다면 망설임은 줄어듭니다. 골똘히 생각을 하다 보면 어느 순간 결정이 날 때가 있습니다. 그때가 망설임을 끝낼 순간이지요.

하기 싫은 일은 망설이는 시간이 길어질수록 괴로움이 큽니다. 계속 머릿속에서 그 생각이 떠나지 않기 때문입니다. 결정을 한다고 해도 그 일이 끝날 때까지 괴로움은 계속됩니다. 결정을 계속 망설이는 사람에게 저는 하고 싶은 일인지 아닌지 생각해 보라고 합니다. 그리고 그 결정은 빨리 내릴수록 좋습니다. 전화를 할까 말까 망설일 때도 하고 싶은 전화면, 해야만 하는 전화라면 하는 게 좋습니다. 안 하면 더 큰 후회를 할 테니까요. 반대로 하기 싫은 거라면 하지 않는 게 후회를 줄일 수 있습니다.

저는 물건을 살 때, 여행을 갈 때, 다른 사람의 부탁을 들어줄 때 망설이는 시간을 줄이려고 합니다. 내가 정말 원하는지 빨리 생각해 보고 후회가 적을 방향으로 결정하면 비교적 만족스럽습니다. 망설이게 될 때 내 마음의 방향을 나를 위한 방향으로 잡아 보세요.

내 마음이 원하는 대로 하는 게 가장 후회가 적은 길입니다. 그러니 망설여질 때는 마음의 방향을 보세요. 남이 원하는 일이 아닌 내가 원하는 삶으로 한 발 더 들어가는 겁니다. 망설임은 짧을수록 좋습니다. 긴 고민 끝에 한 선택이 꼭 좋은 결과를 안겨 주는 것도 아닙니다. 때로는 다른 선택이 더 좋은 결과를 안겨 주기도 합니다. 너무 고민하지 말고 마음의 목소리에 귀를 기울여 보세요. 내 마음의 목소리에 따라 망설임이 짧은 매순간이기를 소망합니다.

무기,
나를 감싸고 있는 무기는 무엇인가?

　　헤밍웨이의 소설 중에 《무기여 잘 있거라 *A Farewell to Arms*》라는 작품이 있습니다. 이 소설은 후에 영화로도 만들어질 만큼 많은 이에게 감명을 주었습니다. 지금 저는 이 소설의 제목처럼 전쟁에 관한 이야기를 하려는 게 아닙니다. 소설이나 영화에 관한 이야기를 하려는 것도 아닙니다. 우리가 지니고 사는 무기에 관한 이야기를 하려고 합니다.

　　'무기'는 '싸우는 도구'라는 의미이므로 전쟁에 필요한 물건이라고 할 수 있습니다. 그러나 우리는 무기를 주로 비유적으로 씁니다. 자신의 장점도 무기가 되고, 남의 단점을 아는 것도 나의 무기가 됩니다. 우리에게 무기는 그저 날카롭고 단단한 도구만을 뜻하지 않습니다. 우리는 그렇게 다양한 무기를 간직하고 삽니다.

우리는 군인이 아닌데도 살면서 저마다 무장을 하고 있습니다. 나만의 무기를 지니고 무언가 지키려고 하는 겁니다. 무엇을 그렇게 지키려고 할까요? 무엇을 잃어버릴까 봐 안절부절못하고 있을까요? 뭐가 그렇게 두려울까요? 지킬 것도, 잃어버릴 것도, 두려운 것도 없어진다면 무기는 필요 없을 겁니다.

다시 박성배 선생님의 이야기를 들려드립니다. 어느 날 선생님은 학생들과 성철 스님께 말씀을 청하러 찾아갔습니다. 성철 스님은 먼저 법당에서 삼천배를 하라고 하셨습니다. 13시간에 걸쳐 삼천배를 하는 동안 선생님은 무장해제를 경험했다고 합니다. 강제로 하는 무장해제가 아니라 스스로 무기를 내던진 무장해제 말입니다. 우리는 무언가 잔뜩 짊어지고 다닙니다. 그러다 보니 여기저기 걸리고 치입니다. 그런데 우린 이 짐을 자신을 지켜 주는 무기라고 오해하고 있습니다.

자존심도 명예도 걸림돌이 되곤 합니다. 자신에게 걸려 넘어지는 겁니다. 선생님은 무장해제 후 들었던 성철 스님의 말씀이 더할 나위 없이 좋았다고 하셨습니다. 어딘가에 걸리거나 치이지 않고 받아들일 수 있었기 때문일 겁니다. 선생님이 출가를 위해 다시 성철 스님을 찾았을 때는 21일 동안 매일 삼천배를 했습니다. 선생님께도 그만큼 없애야 할 무기가 많았다는 것이지요. 우리는 얼마나 많은 절을 해야 할까요?

극한의 상황이 오면 사람은 의도치 않게 무장해제가 됩니다. 어쩌면 세상에 더 이상 얽매이지 않게 되는 것일 수 있습니다. 때로는 그게 큰 병일 수도 있고, 일상에서 생긴 시련일 수도 있습니다. 죽음이라면 다시 돌아오지 못하는 무장해제이겠지만 큰 시련은 걸림돌을 제거하고 다시 태어나는 것입니다. 언젠가 투병 중인 분이 마라톤과 철인 삼종 경기를 하는 모습을 본 적이 있습니다. 그분은 후에 자신의 병을 이겨 냈습니다. 죽음이라는 두려움을 극복해 낸 것이지요. 만약 끝내 병을 이기지 못했더라도 그분은 자신의 걸림돌을 이겨 낸 것이라는 생각이 들었습니다.

물론 한 번의 무장해제가 모든 것을 해결하지는 못합니다. 시간이 지나면 다시 마음속에는 새로운 무기가 생겨나 스스로를 안전하게 지키려고 합니다. 새로운 걸림돌이 생기는 것이지요. 무기는 자신을 감싸고 편견이 되고 선입견이 됩니다. 편안함이 주는 안심입니다.

무기여, 잘가거라.

우리는 어떤 무기를 마음에 품고 살까요? 무엇을 그렇게 애지 중지하면서 살고 있을까요? 나를 보호하려는 수많은 마음이 그대로 걸림돌이 되어 있지는 않을까요? 진리를 향해, 깨달음을 향해 내려놓고 버려야 할 것이 무엇인지 생각해 봅니다. 더 깨지고 더 힘들수록 무기는 강해지는 게 아니라 없어질 겁니다. 내가 지금 힘들다면 그건 내 무기가 하나씩 나를 떠나는 귀한 시간이라는 말입니다. 나도 모르게 갖고 있는 무기를 버리고 무장해제되는 경험을 해 보고 싶습니다. "무기여, 잘 가거라"라는 말을 외쳐 보고 싶습니다.

동병상련,
위로의 다른 말

몸이 아플 때는 마음도 약해집니다. 다른 사람들의 말 한마디 한마디에 예민해집니다. 평소라면 아무렇지 않을 말이 서운하게 들리기도 합니다. 혹여 주변에 아파하는 사람이 있다면 그 마음을 어루만질 수 있는 말을 해 주세요.

아플 때는 어떤 사람이 가장 위로가 될까요? 어떤 사람의 말이 가장 따스하게 다가올까요? 그건 아마도 나의 아픔을 미리 겪었거나 지금 겪고 있는 사람일 겁니다. 어쩌면 나보다 더 아픈 경험을 갖고 있는 사람이 더 큰 위로가 될 수 있습니다. 내 힘든 상황을 먼저 경험한 사람들은 지금 내 심정과 똑같다고는 할 수 없지만, 그래도 어디가 어떻게 아픈지는 알고 있습니다. 산 경험에서 우러나오는 말보다 공감이 되는 말은 없습니다. 같은 말을 해도 경험이 없는 사람들의 말은 공허한 메아리로 들린다면, 경험이 있는 사람들의 말은 가슴에 콕콕 와 닿습니다. 이럴 때 쓰는 표현이 '동병상련'입니다. 어려운 처지의 사람이 서로에게 위로가 됩니다.

더욱이 내가 아프면 아픈 사람이 더 잘 보입니다. 아프기 전에는 몰랐는데 아픈 사람이 참 많다는 걸 알게 됩니다. 그동안 잘 몰랐던 다른 사람의 아픔이 보인다는 점에서 우리에게는 반성의 시간이 되고, 사과의 시간이 되고, 슬픔의 시간이 됩니다. '동병이면 상련'이라는 말은 그동안 다른 사람의 아픔이 제대로 안 보이고 피상적으로 보였을 거라는 말이기도 합니다. 상대를 진심으로 대하지 않으면 감정에 공감하기 어렵습니다. 동병상련이면 감정이입도 가능해집니다.

감정이입도 무척 어렵습니다. 육체적인 고통도 마찬가지이고 심리적 고통도 마찬가지입니다. 사실 육체적 고통은 실제로 똑같이 겪기는 어렵습니다. 사고가 나거나 병에 걸려야 하니 쉬운 일이 아니지요. 하지만 심리적 고통은 육체적 고통에 비해 감정이입으로 충분히 느낄 수도 있습니다. 때로는 아픈 사람보다 더 아파하는 사람도 있습니다. 감정이입이 정말 잘 되는 경우입니다. 자식이 아파할 때 부모의 감정이입은 상상 이상입니다. 자식이 아프면 내가 대신 아프고 싶다고 이야기하는 부모의 마음은 진심이기에 더욱 안타깝습니다.

저는 감정이입을 하려고 노력한다는 말은 참 이상하다고 생각합니다. 그 사람이 되어서 억지로 감정을 내 안에 넣어 보는 것이지요. '그래서 이렇겠구나' 간접적으로 감정을 느끼는 겁니다. 그러나 우리는 배우가 아니니 감정을 이입하려고 노력할 필요가 없습니다. 자연스럽게 감정이 우러나와야 합니다.

우리가 성자聖者라고 부르는 사람은 감정이입과 동병상련을 깊이 함께하는 사람입니다. 성자가 마치 고통을 초월한 것처럼 이야기하는 경우가 있는데, 이는 전에 느끼던 고통이 좀 무뎌졌다는 의미이지 고통을 못 느낀다는 의미는 아닙니다. 오히려 더 많이 슬프고 눈물이 날 겁니다. 다른 이들에게 감정이입이 되고, 동병상련을 느끼니 더 아플 수밖에요.

공자가 사랑하는 제자 안회를 잃었을 때 통곡했다는 이야기가 떠오릅니다. 자식을 잃었던 공자가 사랑하는 제자를 또 잃었으니 참을 수 없는 고통을 느낀 건 당연한 일입니다. 성자는 다른 사람보다 더 아파하는 사람입니다. 동병상련과 감정이입을 가장 잘하는 사람이기 때문입니다. 다른 성자의 이야기도 찾아보면 아픔이 없었던 사람은 없습니다. 오히려 참혹한 아픔과 슬픔이 있는 경우가 많습니다. 성자는 많은 아픔을 가진 사람입니다.

성경의 〈욥기〉도 마찬가지입니다. 욥은 하나님을 잘 믿는 사람이었습니다. 마귀는 하나님께 욥이 하나님의 축복을 받아서 모든 것을 누리기에 하나님을 잘 섬기는 것이라 했습니다. 이에 하나님은 욥에게 참기 힘든 고통을 줍니다. 이때 욥의 세 친구가 찾아옵니다. 욥이 무언가 하나님께 잘못을 했기에 벌을 받는 것이라고 의심을 합니다. 참다운 동병상련이 이루어지지 않은 것입니다. 아픔을 이해하고 상대를 믿어주었어야 하는데 그러지 않은 겁니다.

욥의 친구들은 동병상련의 잘못된 예로 인용됩니다. 좋을 때만 친한 친구인 셈입니다. 나중에 욥은 하나님을 이해합니다. 그리고 다시 축복을 받습니다. 아마 욥이 받은 가장 큰 축복은 아프고 힘든 사람을 이해하게 된 것일 겁니다. 열심히 신앙생활을 해도 힘든 일은 생길 수 있다는 깨달음을 얻었을 겁니다.

동병상련은 위로의 다른 말입니다. 서로 비슷한 처지인 사람만큼 위로가 되는 사람은 없습니다. 서로의 아픔을 알아주는 것만큼 따뜻한 위로가 없습니다. 한 사람이 힘들면 주변 사람도 힘듭니다. 한 사람이 힘든데 주변 사람이 웃으면 이상하지요. 한 사람이 밝아지면 주변 사람도 밝아집니다. 가정을 바꾸고 사회를 바꾸는 시작은 '나'이고, 세상을 바꾸는 시작도 '나'입니다. 내가 밝으면 가족이 밝고, 가족이 밝으면 사회도 밝아집니다.

세상의 모든 감정은 나한테서 시작됩니다. 내가 바뀌어야 상대의 감정도 비로소 바뀝니다. 우리가 사람을 만날 때 밝고 즐거운 태도를 가져야 하는 이유이지요. 같이 아파하고 같이 힘들어하는 것은 배워야 알 수 있는 감정이 아니라 기본적인 감정이라는 걸 기억하세요!

악연,
인연과 절연의 경계

"우리 인연인가 봐!"

 사람들은 인연이라고 하면 좋은 것으로 생각하곤 합니다. 인연에 대한 오해이지요. '인연'에서 중요한 것은 '연'입니다. 사실상 인연과 연은 같은 의미로 쓰입니다. '연緣'의 원래 의미는 끈의 의미로 보입니다. 가장자리를 서로 묶는 것을 연이라고 했지요. 서로 묶여서 풀리지 않는 관계를 연이라고 한 것으로 보입니다. '연'이라는 말에 악연惡緣이 있고 선연善緣이 있으니, 인연이라는 말에는 좋은 인연과 나쁜 인연이 함께 있지요. 그런데 사람들은 인연이라고 하면 좋은 인연만 생각하는 듯합니다. 모든 만남은 좋은 인연이었으면 하는 바람이 담겼기 때문이 아닐까요? 그렇다면 왜 어떤 만남은 인연이 되고, 어떤 만남은 악연이 되는 걸까요? 그 경계를 가르는 건 무엇일까요?

지난겨울 저는 일본 교토로 여행을 다녀왔습니다. 교토는 역사의 도시이자 문화의 도시여서 역사와 문화의 향기를 좇아도 좋지만, 저는 틈틈이 교토가 보여 주는 생활 속으로 들어가 보았습니다. 여행과 생활의 경계에 서 보는 거지요. 그 경계에 서면 양쪽이 보입니다. 아슬아슬할 때도 있지만 말입니다. 그곳에서 우리말 인연과 악연을 다시 만났습니다.

교토의 가모가와鴨川 강변을 따라 한참을 걸어 올라가면 기온祇園이 나옵니다. 교토 최고의 관광지라고 할 수 있습니다. 사람이 붐비는 골목을 벗어나 뒷골목으로 갔습니다. 골목을 다니다 보면 삶을 만날 수 있어 여행지의 골목 탐방은 또 다른 재미를 줍니다. 물론 기온의 뒷골목은 게이샤가 있는 거리이기도 합니다. 조금 더 외진, 사람이 적은 골목에서는 옛 정취가 느껴집니다.

기온의 뒷길을 걷다 보면 사람이 많이 모여 있는 신사神社가 나옵니다. 저는 신사에 큰 흥미는 없지만, 워낙 신사가 많은 교토에서는 가끔 특이한 신사나 역사적인 신사에 가 보곤 합니다.

그날은 야스이安井 신사라는 곳에 발길이 머물렀습니다. 사람들이 길게 줄을 서서 무언가 기다리고 있었습니다. 앞으로 가서보니 종이가 가득 붙어 있는 꽤 큰 바위가 있었습니다. 종이가어찌나 많이 붙어 있던지 바위의 본래 모습은 보이지 않았습니다. 독특한 점은 바위 아래 동그란 구멍이 하나 나 있다는 것이었습니다.

사람들은 그 구멍으로 들어갔다 나왔습니다. '새해니까 복을빌기 위해 하는 걸까?' 하는 추측을 했지만, 그 의식의 진짜 의미가 무엇일지 궁금했습니다. 그래서 물어보니 이 의식은 인연因緣을 끊어 주는 거라고 했습니다. 사람과 사람 간의 인연을 끊는신사라니! 무척 흥미로웠습니다. 악연이 있는 사람에게 필요한신사일 겁니다.

가끔은 어떤 방법으로든 악연을 끊어버리는 것도 좋지 않을까요? 살면서 악연이 없다면 좋겠지만 어쩔 수 없는 악연이 생기기도 합니다. 이 신사에서는 바위의 구멍을 왕복하면 악연을 끊고,새로운 인연을 맺어 준다는 이야기가 전해진다고 합니다. 그래서 그토록 많은 사람이 바위 앞에 길게 줄을 서 있었나 봅니다.인연을 무조건 끊기만 한다고 해서 좋은 건 아닙니다. 악연은 끊고 그 빈자리에 새로운 인연, 좋은 인연이 채워져야 더욱 의미

있지요.

처음부터 악연인 경우는 없습니다. 어쩌면 둘도 없는 좋은 인연이라고 생각했을 수도 있습니다. 만나면 기쁘고, 서로를 위하는 마음이 컸다면 말입니다. 하지만 시간이 지나면서 인연을 맺은 것을 후회하기도 합니다. 후회할 만한 어떤 계기가 있었을 수도 있고요. 차라리 만나지 않았으면 좋았을 거라는 마음이 생기는 거지요.

그런데 우리가 인연이라는 말을 좋게 받아들이는 것은 '연은 나쁜 것이기보다 좋은 것'이라고 생각하기 때문입니다. 연은 한 번에 끊어지지 않고 돌고 도는 것입니다. 설령 악연이라 할지라도 돌고 돌아 다시 나에게 올 때는 좋은 인연으로 만날지도 모릅니다. 인간의 본성은 인연을 끊는 게 아니라 좋은 인연을 많이 맺고 싶어 하기 때문입니다.

악연을 피하는 것이 소망이라면, 선연을 만들려는 노력이 필요합니다. 좋은 인연을 많이 만든다면 악연이 될 가능성도 적어지기 마련입니다. 좋은 인연인지 악연인지를 구별하는 일은 쉽지 않습니다. 어떤 때는 아무런 인연도 아닌 줄 알았던 사람이 좋은 인연이 되기도 하고, 악연이 되기도 합니다. 인연은 내가 결코 바꿀 수 없는 게 아닙니다. 노력과 정성으로 인연이 깊어져 좋은 인연으로 만들 수 있습니다.

억울,
가장 견디기 힘든 감정

　　　　　저는 인간이 가장 견디기 힘든 감정은 억울함이라고 생각합니다. 억울은 '아무 잘못 없이 꾸중을 듣거나 벌을 받거나 하여 분하고 답답함. 또는 그런 심정'이라고 사전에 나와 있습니다. 많은 사건이 억울함을 못 참아서 일어납니다. 사실 억울함은 참기 어렵습니다. 아무런 잘못이 없는데 혼났다면 당연히 못 참겠지요. 억울함은 나를 조여 오는 감정입니다. 맑았던 물도 계속 고여 있으면 썩고 냄새가 납니다. 그러니 부정적인 생각과 감정이 쌓이면 어떨까요.

　　저는 '울鬱'이라는 글자를 볼 때마다 글자의 느낌이 감정을 잘 보여 준다는 생각을 합니다. '鬱'은 정말 빽빽해서 답답한 느낌이 드는 글자입니다. '억울'에도 이 한자가 쓰이는데 단어에 담긴 안 좋은 감정이 고스란히 느껴지는 것 같습니다. 이 글자를 일본이나 중국에서는 간체자나 약자로 간단하게 씁니다. 쓰기에는 편해졌을지 몰라도 글자의 느낌은 사라지고 말았습니다. 저는 한자를 적극적으로 쓰자는 사람은 아니지만, 한자가 보여 주는 인간의 사고와 감정은 늘 놀랍습니다. 그런 의미에서 간단하게 쓰는 게 꼭 좋지만은 않습니다.

억울은 주로 외부에서 들어오는 감정입니다. 주로 불공정한 일을 당하면 억울함을 느낍니다. 내가 하지 않은 일을 내가 했다고 몰아붙이면 억울하지요. 내가 잘못을 했더라도 같은 잘못을 저지르거나 더 큰 잘못을 저지른 사람은 그냥 두고 나에게만 죄를 물어도 억울합니다. 억울함은 공정하지 않음에 대한 반발심이라고 할 수 있습니다.

따라서 억울함은 상대적인 경우가 많습니다. 객관적으로 봐도 다른 사람에게만 잘해 준다고 생각하면 억울합니다. 반대로 나도 친구만큼 과제를 잘했는데 나만 칭찬을 못 받아도 억울합니다. 억울함은 공평하지 않다고 생각하는 감정인 거지요. 요즘 많은 사람이 제일 못 참는 순간이 불공정하거나 불공평한 일을 겪었을 때입니다. 즉, 억울함은 세상이 나를 억누르는 답답함입니다.

사람들이 장발장 이야기에 공감하는 이유는 장발장이 나쁜 짓을 하지 않았다고 생각해서가 아닙니다. 똑같은 잘못을 해도 벌이 공평하지 않았기 때문일 겁니다. 사람은 누구나 벌이 합당해야 반성을 하지 너무 과한 벌에는 반발하게 됩니다. 당연히 누구나 법 앞에서 공평해야 합니다. 돈 때문에, 권력 때문에, 누구의 자식이기 때문에 혜택을 본다면 참을 수 없게 됩니다. 저는 이 세상에서 억울한 일이 없어지길 소망합니다. 억울함이 계속 쌓이면 결국 폭발하고 맙니다. 그러면 사회가, 세상이 망가집니다. 정의로운 사람이 살 수 없는 세상이 되고 맙니다.

답답해서 생긴 감정인 억울함을 푸는 방법도 어휘를 보면 발견할 수 있습니다. 답답함은 꽉 차 있기 때문에 느끼는 겁니다. 자신을 쥐어짜는 것이라고도 할 수 있습니다. 억울을 벗어나려면 마음에 공간을 만들어야 합니다. '왜 나만?'이라는 생각에는 빈 공간이 보이지 않습니다. 참을 수가 없지요. 터질 일만 남습니다. 하지만 '세상이 다 그렇지 뭐. 내 잘못이 아니라 세상 잘못이야'라고 생각하고 그 일에서 벗어나면 어떨까요? 그러면 그 순간에 공간이 생깁니다. 우리는 이 공간을 여유라고 합니다. 억울함이 좀 성기게 되는 겁니다. 여유가 생기면 좋아하는 일을 하면서 억울함을 잊고 달래는 겁니다. 음악도 듣고, 영화도 보고, 친구도 만나고. 그렇게 즐거운 일을 찾다 보면 억울한 일이 작게 느껴질 수 있습니다. 억울한 시간을 지나가게 하는 거지요.

억울함을 이겨 낼 수 있는 다양한 방법을 찾았으면 합니다. 스스로를 돌아보고 억울함을 떨쳐 낼 수 있는 힘을 기르는 거지요. 우리는 정답은 알지만 풀이 과정을 몰라서 답답해하고, 스스로를 한심하다고 생각합니다. 스스로 한심하다고 생각하는 것이 풀이 과정의 시작입니다. 스스로의 모습을 깨닫는 건 다행스러운 일입니다. 억울함도 그 과정에서 나아질 겁니다. 스스로의 힘으로 억울함을 떨쳐 낼 수 있기를 소망합니다.

소통,
그 시작은 말을 하는 것

주변에 있는 사람이 갑자기 말수가 줄 때가 있습니다. 말을 안 한다는 건 다른 사람들과 벽을 쌓는다는 뜻입니다. 말을 한다는 건 그 사람과의 사이에 있는 벽을 깬다는 뜻이지요. 자신이 의도했든 의도하지 않았든 말수가 준다는 건 위험합니다. 세상과 벽을 쌓고, 다른 사람과 소통을 끊겠다는 신호이기 때문입니다. 이때는 옆에 있는 사람들이 그 사람에게 말을 걸어 주어야 합니다.

"요즘 왜 말이 없어? 무슨 고민 있어?"

설령 자신이 말수가 준 걸 느끼지 못하고 있더라도 누군가 이렇게 말해 주면 '아, 내가 말수가 줄었구나!' 하는 걸 느끼지요. 이때 내 상태를 깨닫는 데 그쳐서는 안 됩니다. 자기 스스로 말을 하려고 노력해야 합니다. 실제로 극단적인 선택을 한 사람의 기사를 보면 '최근에 말이 없었다, 말이 줄었다'는 이야기가 꼭 나옵니다. 주변에 평소보다 말수가 줄어든 사람이 있다면 좀 더 따뜻한 시선으로 바라봐 주세요. 말이 줄어든 사람은 자신 안에 갇혀서 점점 더 나쁜 상상을 하게 되고, 최악의 경우 극단적인 선택을 할지도 모릅니다.

말수는 말의 숫자입니다. 말의 숫자가 줄면 내 안에 있는 것들이 바깥세상과 교류하지 않고 점점 더 내 안의 깊은 곳으로 들어갑니다. 그때는 정확한 판단이 어렵고 결국은 몸도 망가집니다. 내가 하루에 얼마나 많은 말을 하는지, 주변 사람에게 얼마나 많은 말을 건네는지 스스로를 돌아보아야 합니다. 말수는 세상과 나의 소통을 상징하고, 그 소통의 깊이를 보여 준다는 사실을 기억해야 합니다.

말수가 많다고 꼭 좋은 것은 아닙니다. 쓸데없는 말을 많이 하는 건 의미가 없습니다. 소통이 되어야 의미가 있지요. 소통이란 말이 통한다는 뜻입니다. '저 사람이랑은 말이 잘 통한다'라는 생각이 든다면 소통이 잘 된다는 뜻이지요. 말수를 단순히 숫자로만 오해하면 안 됩니다. 말수가 많아지되 소통이 되는 말의 숫자가 많아져야 합니다. 소통하는 말수를 늘리면 다른 사람에게 가는 길도 열리고 마음도 열립니다. 의미 없는 말만 늘어났다면 허공에 날아다니는 말의 숫자에 불과한 것이지요.

말로 다른 사람들과 소통을 한다는 것, 즉 마음을 나눈다는 것은 용기도 필요합니다. 아무것도 하지 않으면 아무 일도 일어나지 않는 것처럼, 아무 말을 하지 않으면 다른 사람과의 소통을 스스로 포기하는 것입니다. 자신의 마음을 계속 감추고 살다 보면 자신조차 자신의 마음의 소리를 듣지 못하게 됩니다. 세상을 가장 어리석게 살아가는 사람이 되는 거지요. 우리 속담에 '기쁨은 나누면 두 배가 되고, 슬픔은 나누면 반으로 줄어든다'는 말이 있습니다. 자신의 속마음을 있는 그대로 다 말하라는 게 아닙니다. 기쁜 마음이든 슬픈 마음이든 주변 사람들과 함께 나눌 줄 아는 사람이 돼라는 것입니다.

대화를 나누다 보면 스스로를 객관적으로 볼 수 있습니다. 다른 사람의 이야기를 들으면서 정리가 되기 때문입니다. 말의 고마운 속성이지요. 감정을 다스릴 수도 있습니다. 분노, 괴로움, 슬픔을 조금 떨어져서 볼 수 있습니다. 그러니 누가 되었든 이야

기를 나누세요. 내가 말수가 줄어들었다면 스스로 위험 신호를 알아차려야 하고, 일상 속 틈틈이 주변 사람이 말수가 줄지 않았는지 살펴야 합니다. 혼자만의 시간이 필요한 경우도 있지만 종종 손을 못 내미는 것일 수도 있습니다. 그런 사람에게 말을 건네주고 이야기를 들어주어야 합니다.

가르치다,
내가 더 가르치고 싶어 하는 힘겨루기

 우리 모두는 서로의 스승입니다. 서로가 서로에게 배우고 가르칩니다. 그런데 왜 가끔 이 당연한 삶의 법칙을 잊어버리는 걸까요? 혹시 내가 더 상대를 가르치기 위해 힘겨루기를 하는 삶을 살고 있지는 않나요?

 누군가가 나의 잘못을 지적했을 때 아무렇지 않게 받아들일 수 있는 사람이 얼마나 있을까요? 조선시대의 김굉필과 조광조의 이야기가 떠오릅니다. 스승인 김굉필이 잘못을 하자 제자인 조광조는 잘못을 지적했습니다. 그때 스승 김굉필은 "나를 지적해 주는 제자가 있다니 얼마나 기쁜지 모르겠다"며 크게 기뻐했습니다. 저는 이 이야기를 보고 많이 반성했습니다. 스승과 제자 사이에 이 정도의 신뢰가 있을 때야말로 참된 스승과 제자의 관계라고 할 수 있습니다.

'가르치다'는 '말'과 관련이 있는 단어입니다. '말하다'라는 뜻을 가진 다른 말이 '가로다'이기도 합니다. 가르치는 것은 주로 말로 하는 행위입니다. 물론 행동으로 보여 주는 경우도 있겠지만 말입니다. 그런데 가르치다라는 말을 어떤 지역에서 '배워 주다'라고 하는 것을 보고 많은 생각이 들었습니다. 배울 수 있게 하는 것이 가르침의 시작이라는 생각도 들었지요.

철학이나 종교 또는 높은 경지의 지혜는 쉽게 얻을 수 없다고 생각하지만, 사실 우리를 눈뜨게 하는 깨달음은 주변 사람과의 관계에서 시작되는 경우가 많습니다. 우리 옆에는 우리를 자라게 하고 배우게 해 주는 사람이 많습니다. 가르쳐 주는 것은 가르치는 사람의 목적이 중요하다면, 배우려는 것은 배우는 사람의 마음이 더 중요합니다.

가르침이 학교나 종교 기관에서 이루어진다면, 배움은 언제 어디서든 일어납니다. 그러기에 배우려는 자세가 중요합니다. 배우려는 내 자세는 어떤지 생각해 봅니다. 언제 어디서나 배울 수 있다는 것은 내가 성장할 수 있는 기회가 항상 열려 있다는 뜻이기에 참 좋습니다.

　가르치고 배우는 것도 서로를 향해 마음이 열려 있어야 할 수 있습니다. 배우려는 마음은 닫고 늘 가르치려고만 하면 문제가 생깁니다. 세상은 계속 변하기 때문입니다. 그래서 우리는 늘 배워야 합니다. 내가 모든 걸 안다고 생각하면 자랄 수 없지만, 내가 모른다고 생각하면 계속 자랍니다. 내가 배우려고 하면 커질 수 있지만, 내가 가르치려고 하면 작아지기만 할 뿐입니다. 소통도 마찬가지입니다. 내가 모른다고 생각하고 배우려고 한다면 소통이 이루어집니다. 반대로 내가 다 안다고 생각하고 가르치려고만 한다면 '넌 틀려'라는 태도 때문에 소통이 막힙니다.

　배운다는 건 비단 학문에만 국한되지 않습니다. 사람을 대하는 태도나 세상을 보는 관점도 모두 배움의 대상입니다. 선생이라고 해서 더 많이 알고, 더 넓게 보는 것도 아닙니다. 저는 제자들과 이야기를 나누면서 깜짝 놀랄 때가 많습니다. 특히 우리나라에 공부하러 온 아시아계 제자들에게서 상대를 배려하고 가족을 생각하는 따뜻한 마음을 많이 배웁니다. 더욱이 요즘은 세대 간의 문화가 달라서, 제자의 이야기를 들으며 새로운 사실도 깨닫습니다.

　비대면 시대를 맞이한 요즘, 세대 간의 문화 차이를 더욱 많이 느낍니다. 얼마 전에 학교에서 한국어 교재를 만드는 작업을 했습니다. 예전에 한국어 교재를 만들 때면 꼭 들어가는 대화가 있었습니다.

"안녕하세요. 수지네 집이죠? 저는 민희라고 하는데 수지 좀 바꿔 주세요."

"실례합니다만, 서점이 어디에 있어요?"

"이 과일은 한 개에 얼마예요?"

그런데 지금은 집에 전화하는 문화 자체가 낯설어졌습니다. 화상으로 수업을 듣고, 멀리 떨어져 있는 가족과 영상 통화를 하고 문자로 이야기를 나눕니다. 심지어는 유선 전화기를 본 적이 없는 학생들도 있습니다. 휴대전화에 아이콘으로 그려져 있는 유선전화가 뭔지 물어보는 학생도 있었습니다. 길을 모르면 지나가는 사람에게 묻기보다 지도 앱을 켜서 길을 찾습니다. 물건을 살 때도 마트에 가면 가격표가 다 붙어 있고 온라인 주문도 일상적입니다.

한국어 교재를 만들 때 이런 변화를 반영하지 않으면 현실과는 동떨어진 교재가 될 뿐입니다. 늘 열린 마음으로 세상과 사람을 공부하지 않으면 고정관념 속에 갇혀 살아가기 쉽습니다. 늘 주변 사람들이 자신에게 편하게 얘기할 수 있는 상황을 만들어야 합니다. 저도 제자들이나 후배들에게 늘 말합니다.

"내가 잘 몰라서 그러는데 이거 어떻게 해?"

"혹시 내가 너희에게 잘못하는 게 있으면 꼭 얘기해 줘!"

그러면 제자들이나 후배들도 예의를 갖추어서 이야기를 해 줍니다. 다른 사람에게 무엇을 배운다는 것이 쉽지는 않습니다. 그래도 주변에 내가 배울 수 있는 누군가가 있다면, 그 자체로 감사할 일입니다. 내가 성장하는 좋은 기회이니까요. 오늘도 내가 성장할 수 있는 기회가 많은 하루가 되기를 소망합니다.

평가,
뾰족한 칼날을 거두고 함께 느끼기를

언제부턴가 평가가 넘쳐 나는 세상이 되었습니다. 평가가 자신을 향한 거라면 다행인데, 자신의 모습을 보지 못한 채 다른 사람을 평가하기 바쁩니다. 왜 이런 현상이 나타나는 걸까요?

저는 개인적으로 평가는 듣기 불편한 말이라고 생각합니다. 누군가가 나를 평가하겠다고 할 때 긴장이 되는 이유도 듣기 불편한 말을 들어야 할지도 모른다는 생각 때문일 겁니다. 평가란 기본적으로 잘못된 점은 없는지, 어떤 문제가 있는지를 살피는 것인 만큼 내 마음을 불편하게 만듭니다. 학교 시험처럼 여러 사람을 평가할 때는 점수를 매겨 일등에서부터 꼴찌까지 줄을 세우는 경우가 많습니다. 그러니 평가를 받을 때 예민해질 수밖에 없고, 평가를 받고 나면 기분이 좋지 않습니다. 성적을 내야 한다는 그 자체가 싫은 행위이지요.

평가를 할 때 상대를 좀 더 이해하고 따뜻한 시선으로 바라본다면 평가가 달라지지 않을까요? 평가評價에 평평할 평平이 들어 있는 것은 공평하게 평가를 하라는 의미입니다. 그러니 평가가 공평하지 않을 때면 많은 사람이 화를 내는 것입니다. 내 평가는 정말 공평한가도 생각해 보았으면 합니다. 공평하지 않은 평가는 아무도 신뢰하지 않고 그저 상처를 줄 뿐입니다.

평가를 할 때 꼭 기억해야 하는 게 있습니다. 상대가 받고 싶어 할 때 해야 한다는 것입니다. 상대는 평가받을 준비도 되어 있지 않고 평가받을 마음도 없는데, 일방적으로 평가를 하는 건 때로 폭력이 됩니다. 평가는 받고 싶은 사람에게 해 주고, 평가를 할 때는 상대를 이해하고 좀 더 따뜻한 시각으로 하기를 소망합니다.

평가는 시험에서만 이루어지는 게 아닙니다. 어쩌면 우리는 태어나서부터 수많은 평가 속에서 숨 막히게 살고 있는지도 모릅니다. 우리의 삶 자체가 평가의 연속인 거지요. 주로 내가 평가를 받기보다는, 내가 남을 보며 좋다 나쁘다를 평가합니다. 평가를 받는 것과 하는 것을 모두 생각해 보면, 우리는 하루 온종일 평가에 둘러싸여 있다고 해도 과언이 아닙니다.

사실 우리가 평가할 때는 매우 주관적입니다. 그런데도 우리는 객관적이라고 생각하지요. 누가 평가하더라도 나처럼 평가할 거라고 이야기하기도 합니다. 자신의 평가에 대해서 자신감이 넘쳐 납니다. 그러나 자신의 평가를 전적으로 믿는 것은 매우 위험합니다.

반면 자기 스스로를 평가할 때는 극단을 달리기도 합니다. 한없이 관대하기도 하고 잔인할 정도로 비관적이기도 합니다. 이 역시 주관적입니다. 자신을 가장 잘 아는 것이 나라고 생각하지만 나조차 나를 모를 때가 많습니다. 감정의 상태에 따라서도 나에 대한 평가가 달라집니다. 기분에 좌우된다고나 할까요? 기분이 좋으면 후하고, 기분이 나쁘면 박해지는 게 나의 평가입니다. 내 성격을 스스로 평가한다고 생각해 보세요. 내가 기분이 좋을 때라면 '나는 마음에 여유도 있고, 배려할 줄도 아는 사람이야'라고 긍정적으로 평가하지만, 기분이 나쁠 때면 '다른 사람들에 비해 참을성이 적은 것 같아'라고 평가하기도 합니다. 평가는 항상 객관적일 수 없습니다.

평가評價의 한자를 풀어 보면 말을 공평하게 한다는 뜻입니다. 나를 보는 기준과 남을 보는 기준이 기울어져 있다면 옳은 평가가 될 수 없습니다. '옳은'이라는 말보다는 '좋은' 또는 '선한'이라는 말이 적절할 듯합니다. 상대에 대해서 잘 모르면서 마치 모두 다 아는 양 말하는 것은 정말 위험합니다. 수많은 편견과 선입견이 개입되어 판단을 망치기 때문입니다.

그리고 잘못된 평가를 받은 사람의 마음엔 상처가 생깁니다. 자신의 평가가 누군가에게 아픔을 줬다는 사실에 평가를 한 사람도 상처를 받습니다. 상처는 흉터를 남겨 오랜 기간 자꾸만 들여다보게 됩니다. 혹은 상처가 덧나 더 오래 아프기도 합니다. 평가를 하는 것도 받는 것도 두려워지는 거지요.

따뜻하게 서로를 인정해 주는 평가는 어떤가요? 서로의 긍정적인 부분을 돋보이게 하는 평가는 어떤가요? 사랑 가득한 따뜻한 평가 말입니다. 유독 타인을 평가할 때 인색한 사람들이 많습니다. 누군가가 그러더군요. 다른 사람을 평가할 때 인색한 사람은 그 사람의 모습에서 자신의 싫어하는 모습을 발견하기 때문이라고요. 결국은 자신의 마음의 창을 잣대 삼아 그 사람을 평가하는 거지요. 이 얼마나 오만하고 위험한 행동인가요? 내가 내린 비수 같은 평가에 누군가는 마음이 무너지고 심할 경우 삶이 무너지기도 합니다. 나에게도 다른 사람에게도 마음을 좀 더 후하게 써 보는 건 어떨까요?

　나에게 너무 높은 평가의 잣대를 들이대 스스로를 낮게 평가하며 자책하지 마세요. 타인을 평가할 때도 뾰족한 평가의 칼날을 거두고 좀 너그러운 시선으로 바라보세요. 나의 가치와 타인의 가치를 발견해 '서로 함께'라는 공감대를 만들어야 합니다. 평가는 그러한 공감 위에 이루어질 때 더욱 올바른 방향으로 나아갈 수 있습니다. 평가의 시작점이 달라져야 합니다.

3장

마음 치유

긴장,
왠지 팽팽한 느낌

　　　　　　　　우리는 왜 긴장하는 걸까요? 우리
말에서 긴장을 찾아봅시다. 긴장은 팽팽한 것입니다. 근육의 지
속적인 수축 상태를 의미합니다. 근육이 수축되어 있는데 왠지
팽팽한 느낌이 납니다. 잘못 건드리면 탕 하고 끊어질 것 같습니
다. 겨울에 고무줄이 더 탱탱하듯이 아슬아슬한 느낌입니다. 그
야말로 긴장감이 있습니다. 긴장을 해결하는 방법은 푸는 겁니
다. 수축되어 있는 몸과 마음을 펴는 겁니다.

　이완弛緩이라는 단어를 찾아보기 전까지는 혹시 긴장이라는
글자에 장腸을 쓰는 게 아닐까 하는 생각을 했습니다. 긴緊의 의

미가 얽히고 움츠러들다는 뜻이므로 장은 몸속의 장이 아닐까 궁금했습니다. '긴'의 의미는 긴축緊縮이라는 단어의 뜻을 생각해 보면 좀 더 이해가 쉽습니다. 그런데 장의 의미는 무엇일까요? 물론 우리 몸속에 있는 장은 아니겠지요. 하지만 긴장을 하면 장이 괴로운 경우가 많다는 생각에 문득 사전을 찾아보았습니다.

긴장과 장腸을 연결해 생각한 이유는 제 경험 때문입니다. 저는 긴장을 하면 소화 기능이 마비됩니다. 마비痲痹라는 표현이 맞을 정도로 자주 체하고 장운동이 멎습니다. 실제로 그런 것이 아니라 그렇다고 느끼는 것이겠지요. 그래서 '심인성心因性'이라는 표현을 쓸 겁니다. 마음에 원인이 있는 병이라는 뜻입니다. 마음이 몸과 연결되어 있다는 것을 실증적으로 보여 주는 예이지요.
'심인성 위장병'을 앓는 사람이 많습니다. 저 또한 생각이 많아지면 속이 쓰리고 장이 뒤틀리는 느낌이 날 때가 있습니다. 심할 때는 경련을 느끼기도 합니다. 장의 기능이 나빠져서 화장실을 자주 들락거리기도 합니다. 괴로운 일이지요. 아마도 제가 지나치게 예민하기에 생기는 일일 겁니다. 그래서 저는 중요한 일을 앞두고는 가능하면 식사를 하지 않습니다. 특히 중요한 강의는 저의 긴장도를 최대로 올리기 때문에 강의를 앞두고 식사를 하면 위험할 때가 많습니다.

그나마 오전에 강의가 있으면 다행인데 오후에 강의가 있으면 더 괴롭습니다. 아침은 물론 점심까지 제대로 못 먹기 때문입니다. 벌써 25년째 강의를 하고 있는데도 강의가 있는 아침이면 긴장하게 됩니다. 강의 준비를 안 한 것도 아닌데 왜 긴장이 되는지 저 스스로도 이해가 안 됩니다. 종종은 새벽 일찍부터 눈이 떠져 머릿속에서 강의를 해 보기도 합니다. 어떤 내용을 이야기할지 어떤 질문을 받게 될지 머리는 복잡하게 돌아갑니다.

물론 적당한 긴장은 도움이 됩니다. 긴장은 스트레스와 비슷하다는 생각이 듭니다. 적당한 스트레스는 일을 빈틈없이 만들기도 하고, 성과를 이루게도 합니다. 그러나 스트레스도 지나치면 문제가 되지요. stress라는 말이 누른다는 의미이니 긴장과 비슷한 점이 있네요. 떨리거나 걱정되는 상황에 눌려 느끼는 게 긴장이고, 무언가를 해내야 하는 상황에 눌려 느끼는 게 스트레스이니까요. 둘 다 답답함에 숨이 막히는 느낌이 들지요.

긴장은 '팽팽한 긴장감'이라는 말에서도 느낄 수 있듯이 곧 끊어질 듯 아슬아슬합니다. 내장 기관의 경우라면 수축되어 움직이지 못하는 느낌일 겁니다. 긴장이 지나치면 줄이 끊어집니다. 활시위를 너무 세게 당겨서 줄이 끊어지는 것처럼 말입니다. 적당한 긴장으로 삶의 활력소를 얻을 수 있다면 좋겠습니다.

외국에 강의를 갔을 때 기억이 납니다. 그때도 강의를 하는 동안은 매우 즐거웠지만, 강의 전까지 긴장하고 스트레스를 받아 소화가 안 되었습니다. 강의를 시작하기 전에는 긴장 때문에 괴로웠지만 그 덕분에 한 편의 글을 썼으니 그건 좋은 점이라고 할 수 있겠네요. 앞으로도 긴장이 될 때면 긴장해서 좋은 것은 없는지를 찾아보아야겠습니다.

긴장을 푸는 방법도 생각해 볼까요? 우리말은 긴장을 푸는 방법도 보여 줍니다. 한숨을 쉬고, 가슴을 치고, 머리를 긁습니다. 발을 동동 구르기도 합니다. 모두 긴장을 하거나 답답할 때 하는 행동을 묘사한 표현입니다. 긴장하고 있는 몸과 마음을 풀어 바빴던 오늘 하루에도 여유를 주어야겠습니다.

어루만지다,
온 마음을 다해 달래다

　　　　　　　　　　가끔 유튜브를 보면 갓난아기와
반려동물이 함께 노는 영상들이 눈에 띕니다. 자기보다 몸집이
두 배는 커 보이는 개의 배를 베고 누워 있는 아기의 모습, 해맑
게 웃으며 대형견의 귀를 만지거나 등에 올라타는 아기의 모습
도 봅니다. 영상을 보고 있으면 미소가 저절로 지어지지요. 아기
를 동물과 함께 키우면 정서적으로 좋다고 합니다.

　우리나라에서 반려동물을 키우는 인구가 약 1,500만 명에 달
한다고 합니다. 반려동물을 키우는 데는 많은 노력이 필요합니
다. 밥을 챙겨 주는 건 물론이고 배설물을 치우고, 산책이나 목욕

도 시켜주어야 합니다. 그야말로 반려동물의 모든 일상을 돌봐줘야 합니다. 긴 외출을 하거나 여행을 갈 때도 자유롭지 못합니다. 그런데도 많은 사람이 반려동물을 키우는 이유는 쓰다듬고 만지면서 서로의 온기를 나누고, 그 속에서 위안을 얻기 때문일 겁니다.

'어루만지다'는 무엇을 만지는 행위만을 말하지는 않습니다. 감정을 표현할 때도 많이 쓰지요. 이 표현이 더욱 따뜻하게 느껴지는 이유는 '어르다'라는 말에 담긴 어른이 아이를 어르고 달래는 느낌이 전해져서인 듯합니다. 어른이 아이를 달랠 때는 온 마음을 다해 다정한 목소리와 따뜻한 손길로 아이의 속상한 마음을 어루만집니다. 그러니 '어루만지다'는 단순히 만지는 행위가 아니라 진심을 다해서 달래 주는 겁니다. 내 감정을 다해 누군가를 달래 주고, 돌봐 주고, 상처 난 마음을 어루만져 줍니다. 마치 아이를 달래듯 힘든 사람을 달래 주는 것이지요.

'어르다'라는 말에는 원래 '결혼'이라는 뜻도 담겨 있었습니다. 성적인 관계를 가지는 것도 이 표현에 담겨 있었지요. 저는 '어르다'는 어원적으로 '어울리다'와 관계가 있다고 봅니다. '어른'의 어원에도 여러 설이 있는데 '어르다'와 관련이 있다는 입장도 있습니다. 어른은 다른 사람을, 약자를, 아이를 얼러 줄 수 있고 달래고 따뜻하게 보살펴 줄 수 있는 사람이지요.

만지는 것은 주로 손으로 하는 행위입니다. 무언가를 만지지 말라고 할 때 '손대지 마'라고 표현하는 것을 보면 알 수 있습니다. 우리는 좋아하지 않으면 만지지 않습니다. 심지어는 손을 대는 것조차 싫어할 때도 있습니다. 뱀이나 쥐, 벌레 등을 생각해보세요. 반려동물과는 전혀 다른 느낌이지요?

따라서 만지는 것은 애정 표현의 하나입니다. 물건도 그렇지만 사람의 경우라면 더욱 좋은 감정이 느껴집니다. 물론 상대가 원하지 않는데 만진다면 폭력입니다. 그렇기에 상대의 마음에도 세심하게 주의를 기울여야 하지요.

'만지다'에 위로를 한 움큼 넣으면 '어루만지다'가 됩니다. 어루만지는 건 단순히 만지는 것과 다릅니다. 그저 만지는 행동엔 따스함이 없지만, 어루만지는 행동엔 따뜻함이 있기 때문입니다. 그 따뜻함은 서로의 몸이 맞닿아 있을 뿐 아니라 서로의 감정이 닿아 있기에 전해지는 겁니다. 서로의 외롭고 힘든 마음, 슬픈 마음을 어루만져 주니까요.

'어르다'라는 단어의 사전적 정의를 살펴보면 어루만지는 느낌이 더 다가옵니다. 사전을 보면 '몸을 움직여 주거나 또는 무엇을 보여 주거나 들려주어서 어린아이를 달래거나 기쁘게 하여 주다'라고 나옵니다. '어루만지다'의 비유적 의미와 통한다고 할 수 있습니다. 몸을 움직여서 다른 사람을 기쁘게 하는 게 어르는 것이니 '어루만지다'에 가장 알맞은 뜻이 아닐까 합니다.

한편 '어르다'는 '배필로 삼다'의 옛말로도 나타납니다. 신라 향가 〈서동요〉에도 "선화공주님은 남몰래 '얼려 두고'"라는 표현이 나옵니다. 마를 캐는 사람이었던 서동을 배필로 삼았다는 말입니다. 어루만지는 느낌에서 배필이라는 단어도 같이 떠올립니다. 어루만지는 것은 배필로 삼다는 의미가 있을 정도로 친밀한 행위일 수 있습니다. 가장 서로를 위로하고 어루만져야 하는 사람이 배필이지요. 위로가 필요한 세상입니다. 서로가 기쁘도록 몸을 움직여 웃기기도 하고, 칭찬을 히여 행복하게 하면 좋겠습니다. 서로의 마음을 따듯하게 어루만져 주세요.

치유,
오렌지색의 치유

　　　　　　　　치유는 우리말로 하면 '토닥이다'
가 됩니다. 저는 이 표현을 아주 좋아합니다. 토닥인다는 말은 듣
기만 해도 누군가 힘내라며 제 어깨를 토닥여 주는 것 같아 위로
가 됩니다.

　치유라는 말이 고맙고, 반가운 세상이 되었습니다. 치유라는
말을 들으면 먼저 정신적인 치유가 생각날 정도로 마음이 점점
힘든 세상이 되어 가고 있습니다. 모두의 힘든 마음에 위로를 주
고, 고통을 덜어 줄 수 있다면 좋겠습니다. 우리는 일상에서 다양
한 치유의 방법을 찾습니다. 간단하게는 맛있는 음식을 먹거나

좋아하는 일을 하면서 스스로를 치유하기도 합니다. 운동을 좋아하는 사람은 운동을 하면서 치유를 하지요. 힘껏 운동하고 땀을 흘리고 나면 속에 있는 찌꺼기가 쓸려 내려가기도 합니다. 노동이든 운동이든 진실로 흘리는 땀은 내 속을 바꿀 수 있습니다.

치유의 핵심은 있는 그대로의 자신과 마주하는 것입니다. 자신의 모습과 마주하는 건 생각보다 어려운 일입니다. 마음에 들지 않는 자신, 비겁하게 생각되는 자신의 모습은 외면하고 싶은 게 사람의 본성이기 때문이지요. 그래서 많은 사람이 상당히 오랜 시간 동안, 어쩌면 죽을 때까지 자신과 주변 사람들을 속이면서 살아가기도 합니다.

치의학을 하는 사람들이 중심이 되어 만든 치유 모임인 심신치의학회라는 모임이 있습니다. 저는 국어학을 전공했지만 이 모임에 우연히 참여하게 되었고, 지금은 매우 열심히 참여하고 있습니다.

어느 날 모임에서 실제로 연극 치료를 해 보기로 했습니다. 설레기도 하고 두렵기도 했습니다. 나를 다 드러내야 하는 자리였으니까요. 그 모임 분들에 대한 신뢰가 없었다면 할 수 없었겠지요. 그분들은 자신만이 아니라 다른 사람의 치유도 중요하게 생각하는 분들이라 이분들과 함께라면 괜찮을 것 같았습니다.

아침 10시부터 저녁 7시까지 이어지는 긴 모임이었습니다. 하지만 시간이 어떻게 지나가는지 모를 정도로 몰입해 진정한 나를 만났습니다. 모임에 같이 간 분들의 모습에서 나를 바라볼 수 있어서 슬프지만 기뻤고, 아팠지만 즐거웠습니다. 연극 치료에 여럿이 함께 참여하는 이유를 알 것 같았습니다. 이토록 다양한 감정을 함께 느낄 수 있어서 참 고마웠습니다.

모임은 둥그렇게 앉아 앞에 놓인 다양한 색깔과 모양의 옷감 중에서 하나를 선택하며 시작되었습니다. 별 생각 없이 저는 오렌지색 옷감을 골라서 무릎에 놓았습니다. 그중에서 가장 밝은 색의 천이었습니다. 다른 분들은 주로 흰색 천을 고르는 걸 보고 '슬픈 색을 고르는구나' 하는 생각이 들었습니다.

모두 옷감을 고르자 연극 치료 모임을 이끌어 주시는 선생님이 왜 그 색을 골랐느냐고 물었습니다. 돌아가신 어머니 생각이 나서 흰색을 골랐다는 분도 있었습니다. 그는 하염없이 눈물을 흘리면서 멀리 사라져 가는 어머니 이야기를 했습니다. 드디어 저에게 왜 그 색을 골랐는지를 물었습니다. 그때 문득 깨달았습니다. '내가 밝게 보이고 싶어 하는구나!' '나를 감추고 있구나!' 아무리 힘들어도 힘든 내색을 안 하고 밝고 긍정적으로 보이려 애쓰고, 너털웃음을 웃어 대는 내가 갑자기 불쌍해졌습니다.

"밝게 보이고 싶었나 봐요"라고 대답을 하는데 갑자기 눈물이 터져 나왔습니다. 그러고는 울음을 멈출 수 없었습니다. 외로운 나를 감추고 살아온 세월이 터져 나온 겁니다. 순간순간 나를 찾 아오던 우울을 가리고 살아온 세월이 눈물에 담겨 나온 겁니다. 숨겨 둔 감정이 쏟아지는 것을 느꼈습니다. 힘들었지만 시원했 습니다.

사실 어떤 색의 천을 고르는지는 큰 의미가 없을지도 모릅니 다. 그 행위는 자신의 이야기를 끌어내기 위한 하나의 과정일 겁 니다. 흰색 천을 고르든 파란색 천을 고르든 나름의 이야기보따 리가 있기 마련입니다. 겉으로는 행복해 보이는 사람들도 가족 에 대한 죄책감, 원망을 안고 있는 분들이 많았습니다. 가족이기 에, 가족이라서 더 오랫동안 기억하고, 더 오랫동안 아파하는 것 일지도 모릅니다. 제가 힘들 때 어떤 분과 나누었던 이야기가 떠 오릅니다.

"교수님, 저는 어느 날 아버지한테 엄청 심한 말을 들은 적이 있어요. 상처도 굉장했죠. 한 번 그러고 났더니 이제는 다른 사람 들이 저한테 아무리 심한 말을 해도 상처받지 않아요. 그래도 가 족한테 상처받은 건 아니니 훨씬 낫잖아요?"

그분 말씀을 듣고 나니, 내가 힘들고 아파하던 문제가 아무

것도 아닌 것처럼 생각되었습니다. 같은 말을 들어도 가족이기에, 가족이라서 더 깊이 오랫동안 내 마음속에 새겨져 있을 것입니다.

모임이 끝나고 집에 돌아가는 길에 자꾸만 아까 선택했던 오렌지색 옷감이 떠올랐습니다. 나의 겉모습이기도 했지만 나의 일부분이기도 합니다. 오렌지색이 없는 나는 상상하기 어렵습니다. 치유의 연극은 끝났지만 내 삶이라는 연극은 늘 현재 진행형입니다. 치유는 나를 토닥거리는 것임을 잊지 말아야겠습니다.

상처와 흉터,
상처가 낫고 오래 지나면 흉터가 된다

누군가에게 쉽게 상처를 주고 누군가로부터 쉽게 상처를 받는 세상입니다. 상처는 한 번 생기면 얼마나 갈지 모릅니다. 쉽게 치유가 될 때도 있지만 오랫동안 낫지 않을 때도 있습니다. 상처는 내가 받는 것도 힘들지만, 내가 다른 사람에게 상처를 주는 것도 마음이 불편합니다. 특히 내 행동이 상처를 주는 줄 알면서도 했을 때는 상처를 주었다는 죄책감에 오랫동안 시달리게 됩니다.

오랫동안 만난 연인에게 헤어지자고 말하는 게 대표적입니다. 이별을 말하는 순간 마음에서 휘몰아치는 회오리는 참 괴롭습니다. 뭐라고 표현할 수 없는 미안함, 죄책감, 괴로움, 연민 등 많은 감정이 밀려옵니다. 차라리 내가 이별 통보를 받는 게 더 속 편할지도 모릅니다.

사랑하던 연인이 헤어지는 경우에는 둘 다 아픈 시간을 견딜 수밖에 없습니다. 만나는 동안 자신도 모르게 상대에게 상처를 주는 경우도 많습니다. 상처를 받고, 상처를 주는 일에 좀 더 예민해졌으면 합니다.

상처와 흉터는 비슷해 보이지만 다른 말입니다. 상처傷處는 다친 자리를 말합니다. 그렇기에 약을 발라 상처를 치료합니다. 반면에 흉터는 흔적의 의미가 강합니다. 흉터를 치료하는 것은 보기 싫은 흔적을 없애는 것입니다. 흉터는 한자 '흉凶'에 '터'가 합쳐진 말입니다. 흉이라는 말 자체가 안 좋은 의미를 지니고 있어서 흉터 또한 부정적으로 쓰입니다. 종종 상처가 나은 후에 흉터가 남기도 합니다. 보이지 않는 곳에 생긴 흉터는 그나마 다행입니다. 이야기하지 않으면 알 수 없을 테니까 말입니다. 그래서 숨겨진 곳에 있는 흉터까지 아는 사이라면 정말 가까운 사이를 의미합니다.

잘 보이는 곳에 상처가 나면 괴롭습니다. 특히 얼굴에 상처가 나면 큰일입니다. 아이들이 얼굴을 다쳐 오면 부모의 걱정이 이

만저만이 아닙니다. 얼굴에 흉이 질까 봐 노심초사 하지요. 평생 남에게 보여야 하는 얼굴에 작은 흉터라도 남으면 신경이 쓰일 수밖에 없습니다. 다행히 흉이 지지 않으면 그제야 부모는 안심합니다. 어쩌면 다친 것보다 흉터가 더 걱정인 경우도 많습니다. 상처는 나으면 그만이지만 흉터는 두고두고 괴로움의 원인이 됩니다.

상처가 오래되어 흉이 되면 들여다볼 때마다 그때의 장면이 생각나서 괴롭습니다. 흉터가 없으면 다친 기억도 흐릿해졌을 텐데, 흉터는 상처의 기억을 그대로 담고 남아 있습니다. 작은 상처도 있지만 큰 상처도 있습니다.

저에게도 큰 흉터가 있습니다. 첫돌이 되기 전에 목에 수술을 해서 생긴 수술 자국입니다. 큰 수술이어서 쇄골 위의 대부분이 수술 자국입니다. 그런데 이런 수술 자국도 시간이 지나면 옅어집니다. 초등학교 다닐 때는 수술 자국이 너무나 또렷했습니다. 오랜만에 초등학교 친구를 만났는데, 저를 목에 수술 자국 있었던 아이로 기억해서 놀랐습니다. 제 기억은 흐릿해졌지만 저에게도 수술 자국은 스트레스였습니다. 어린 마음에 수술 자국을 아무도 볼 수 없게 가리고 싶었습니다.

제 흉터 때문인지 다른 사람의 흉터를 잘 보는 편입니다. 흉터를 보면서 마음이 찌릿함을 느낍니다. 어린 사람일수록 '고통스럽겠구나' 하는 마음에 찌릿함이 커집니다. 제가 갖고 있는 상처의 흔적이 다른 사람의 상처에 반응하는 겁니다.

마음의 상처도 마찬가지입니다. 마음의 상처가 깊은 사람이 다른 사람의 상처도 더 잘 봅니다. 그래서 아프지만 귀한 상처이기도 합니다. 상처가 많다는 것은 자랑은 아니지만 부끄러운 일도 아닙니다. 비록 나를 아프게 하지만, 그 상처의 수만큼 다른 사람의 아픔을 보듬어 줄 수 있습니다. 다른 사람이 겪고 있는 마음의 상처를 볼 때마다 함께 울어 주고 싶은 마음이 생겨날 겁니다. 경험만큼 공감이 큰 것도 없으니까요.

내 마음에 난 상처와 흉터는 무엇인가요? 혹여 그 상처와 흉터 속에 숨어서 자신을 괴롭히지는 않나요? 그래서 다른 사람의 상처와 흉터도 못 보게 눈을 가리고 있는 건 아닌가요? 상처가 있는 사람에게 상처는 아프지만 귀하다는 말을 꼭 들려주고 싶습니다. 큰 상처일수록 아픈 이들을 이해하는 폭도 넓습니다. 비록 지금은 이 말이 위로가 되지는 않겠지만 말입니다.

'이 또한 지나가리라!'

시간이 흐르면 아물지 못할 상처는 없습니다. 시간이 얼마나 필요한지가 문제이겠지만요. 그때의 상황을 되돌리려 하지 마십

시오. '왜 그렇게 했을까' 하고 후회하지도 마세요. 가장 어리석은 일입니다. 그럴수록 마음의 흉터는 더욱 선명해질 뿐입니다. 이미 지나가 버린 시간은 다시 돌아오지 않고 우리에게 남은 시간은 앞으로 다가올 시간뿐입니다! 다가올 내일을 위해 상처가 잘 아물 수 있도록 스스로를 보살펴 주세요. 나의 상처도 다른 사람들의 상처도 보듬어 줄 수 있기를 소망합니다.

어떻게 해,
더 이상의 말이 필요 없는 공감

때로는 어떤 위로의 말이나 공감의 말보다 짧은 한마디가 더 많은 것을 전달합니다. 우리말 '어떻게 해!'라는 표현이 바로 그렇습니다.

'어떻게 해?'라는 말은 '방법'을 물어보는 의문문입니다. 어떤 방법이 좋은지 물어볼 때 주로 쓰는 말이지요. 그런데 이 말은 내가 지금 어떻게 해야 할지 모르겠다는 의미로도 씁니다. 이때는 의문문이라기보다는 감탄문이라고 할 수 있습니다. '어떻게 해!'라고 표현할 수 있지요. 감탄문이라는 말은 내 감정이 드러난다는 의미입니다. '어떻게 해'에서 느껴지는 감정은 당황하는 느낌이라고도 할 수 있겠네요.

'어떻게 해'라는 말은 큰 슬픔에 빠진 사람에게도, 굉장히 좋은 일이 생긴 사람에게도 다 사용할 수 있습니다. 정반대의 상황에서 사용되는 표현이지만 속뜻은 비슷합니다. 어떻게 하면 좋을지 모르는 감정인 것입니다. 말로 표현하기 어려운 감정을 직접적으로 나타내는 겁니다. 사실 우리는 자신의 감정을 나타낼 알맞은 표현을 찾기 어려울 때가 많습니다. '어떻게 해'라는 말은 그런 느낌입니다. 슬픔이나 기쁨이 넘치면 말로 표현하기가 쉽지 않습니다.

말은 인간임을 나타내는 중요한 수단입니다. 말 한마디로 천냥 빚도 갚는다는 속담은 말의 위력을 보여 줍니다. 예전에 천냥은 어마어마한 돈이었습니다. 말만 잘해도 남들에게 칭찬과 존경을 받을 수도 있고, 좋은 친구라는 평가를 받을 수도 있습니다. 누군가를 위로하고, 함께 기뻐해 주는 말을 잘한다면 좋은 인간관계를 맺을 수도 있습니다. 그런데 우리는 의외로 함께 아파해 주고 함께 기뻐해 주는 공감의 말을 잘 못합니다. 어쩌면 우리말 중에서 가장 발달하지 않은 표현이 위로의 말일 겁니다.

저는 오히려 아무 말도 하지 않는 것이 공감이라고 생각합니다. 슬픔이 가득한 사람을 보면 나도 슬픔이 차오릅니다. 그래서

140

그 사람처럼 할 말을 잃고 그저 슬픔에 빠지는 겁니다. 진정한 공감이 이루어지는 순간입니다. 그래서일까요? 우리는 너무나 큰 슬픔을 겪는 사람을 보면 위로의 말이 나오지 않고 "어떻게 해! 어떻게 해!" 하면서 두 손을 붙잡고 눈물부터 보일 때가 있습니다. '뭐라고 할 말이 없다'라는 표현이 솔직한 우리의 마음일 겁니다. 주저리주저리 말할 수 없는 절절한 감정인 셈입니다. '그 사람이 겪은 일을 내가 겪었다면?' 하고 생각만 해도, 내가 얼마나 힘들지 잘 아니까 차마 말을 잇지 못하는 것입니다. 이때 우리말 '어떻게 해!'는 공감을 아주 잘 표현해 주는 말이기도 하지요. 그저 손을 맞잡고 감정을 나누면 됩니다.

기쁠 때는 '어떻게 해'라는 말에 몸동작이 더해지는 경우가 많습니다. 나도 모르게 박수를 치거나 옆에 있는 사람을 끌어안기도 합니다. 박수를 치는 것은 소리를 내어 널리 알리고 싶은 감정의 표현입니다. 그래서 박수는 주로 기분이 좋을 때나 다른 사람을 응원할 때 칩니다.

'어떻게 해'라는 말을 하면서 옆 사람을 끌어안는 경우도 종종 있습니다. 기쁜 일일수록 함께하는 게 좋겠지요. 자신만 기뻐하는 게 아니라 옆에 있는 사람에게도 행복을 나누어 주는 겁니다. 행복도 전염이 됩니다. 두 사람이 서로 손을 마주 잡고 펄쩍펄쩍

뛰거나 빙빙 돌기도 하지요. 생각만 해도 즐겁고 웃음이 나는 장면입니다.

'어떻게 해'라는 말은 슬픔을 덜어 주는 힘도 되고, 기쁨을 나누어 주는 에너지가 되기도 하지만, 가능하다면 기쁨을 함께할 때 쓸 수 있으면 좋겠습니다. '어떻게 하니?'라는 말을 줄여서 표현하면 '어떡하니?'가 되는데, 이 말에 조금 더 감정이 재미있게 담기네요. '어떻게 해, 어떡하니?'라는 말 뒤에 기쁜 소식이 한가득이면 좋겠습니다. 즐거운 에너지가 전달되기 바랍니다.

조화,
도움을 주고 도움을 구하는 것

우리가 사는 세상은 사람과 사람
의 관계가 그물망처럼 복잡하게 얽혀 있습니다. 우리는 그 사회
속에서 살아가고, 사회는 혼자 사는 곳이 아니지요. 인간의 특징
을 말할 때 '사회적 동물'이라고 하는 것도 이런 맥락입니다. 사
회적 동물이라는 말은 단순히 모여 산다는 뜻이 아닙니다. 조화
를 강조하는 표현입니다. 단순한 '집단'이 아니라는 거지요.

'조화調和'라는 말을 살펴보면 고르다는 의미의 '조'와 화합한
다는 의미의 '화'가 합쳐졌음을 알 수 있습니다. 다시 말해 조화
는 하나가 튀는 것을 의미하지 않습니다. 하나만 두드러지면 조

화는 이루어지지 않습니다. 따라서 서로 고르게 어우러지는 것을 조화라고 할 수 있습니다. 당연히 조화를 이루면 다툼도 없습니다.

사회라는 말을 생각해 보면 어려울 때가 많습니다. 예를 들어 열 사람이 있는데 한 사람이 일을 안 하고 논다면? 이 사람에게는 먹을 것을 나눠 주지 말아야 할까요? 일을 할 수 없는 사람이라면 어떻게 해야 할까요? 그렇다면 능력에 맞는 일을 주고 기본적인 생활에 필요한 것들은 주어야 합니다. 일을 안 한다고 해서 굶어 죽는 사람이 있다면 안 될 것입니다. 사회는 그런 곳입니다.

약자가 강자에게 먹힌다는 뜻인 '약육강식'이라는 말이 있습니다. 이 말은 사회에 안 어울리는 말입니다. 약자를 강자가 도와야 제대로 된 사회입니다. 그런 의미에서 적자생존도 맞는 말이 아닙니다. 한없이 약해 보여도 생존하는 경우도 많습니다. 우리가 진정한 사회적 동물이라면 다른 사람과 서로 돕고 살아야 합니다. 그렇지 않으면 그냥 동물입니다. 하긴 동물도 서로 도우며 살 수 있으니 동물만도 못한 사람일 수도 있겠네요.

오렌지 세 개를 여덟 명이 똑같이 나누어 먹는 방법에 대한 퀴즈를 본 적이 있습니다. 수학에 뛰어난 사람은 쉽게 풀겠지만, 그렇지 않은 사람에게는 어려운 문제였습니다. 저도 머리를 써 보았지만 답이 쉽게 나오지 않았습니다. 그런데 어린아이에게 물어보면 의외로 쉽게 답을 한다고 합니다. 오렌지 세 개를 믹서에 갈아서 주스로 만들어 여덟 명이 똑같이 나누어 마시는 겁니다. 어린아이의 창의력에 늘 놀랍니다.

그런데 저는 이 문제 자체가 잘못되었다는 생각도 듭니다. '똑같이' 나누어 먹는 것이 아니라 조화롭게 나누어야 하지 않을까요? 주스를 만들어 나눠 먹는 건 수학적으로는 맞는 답이지만 사회적 관점으로 보면 답은 달라질 수 있습니다. 더 많이 먹어야 하는 사람이 있을 수 있고, 오렌지를 싫어하는 사람도 있을 수 있기 때문입니다. 모두 똑같이 먹는 게 조화는 아닙니다. 잘 살펴보고 필요에 따라 나누는 것도 조화의 한 방법일 겁니다.

같은 반 학생들에게 각자의 이름을 써 놓은 풍선을 운동장에 흩어 놓고 나서 자신의 이름이 적힌 풍선을 찾도록 하는 게임에서도 조화의 방법을 엿볼 수 있습니다. 대부분의 반에서는 오로지 자신의 이름이 적힌 풍선만을 찾느라 정신없었습니다. 그런데 어떤 반에서는 아이들이 풍선을 하나씩 들고 그 풍선에 이름이 적힌 아이에게 풍선을 주었습니다. 그렇게 하니 모두 금방 자신의 풍선을 찾을 수 있었습니다. 자기의 이익을 찾으면 다툼이 생기지만 서로의 이익을 챙기면 조화가 이루어집니다.

이상적으로 보일 수 있지만, 세상은 그렇게 이루어져 있다는

생각이 듭니다. 내 것이 아니라면 놓을 수 있는 지혜, 주인을 찾아 주는 지혜가 필요합니다. 내 것이 아니라고 멀리 내팽개쳐 버리면 서로 손해일 수밖에 없습니다. 서로 도와야 빠릅니다.

　여러분은 사회적 동물인가요? 그럼 배려하고 조화를 이루어야 합니다. 배려와 조화는 기본적으로 나의 이익만 생각하지 않는 것입니다. 자신의 이익을 중심으로 생각하지 말고 어린아이의 순수함으로 바라보아야 합니다. 어떤 아이는 빵 한 개를 다 먹어도 배가 고프지만 어떤 아이는 반 개만 먹어도 배가 부릅니다. 똑같이 나누어 주어야 한다는 말은 지나친 평등이나 정의에 대한 오해이지요. 사람마다 다른 각자의 특성에 맞는 배려를 해 주어야 조화가 이루어지는 것입니다.

만남,
사람의 사이는 변하는 것

　　　　　　　　　　　　　어느 날 공부를 아주 잘하는 지인
이 한숨을 쉬면서 말했습니다.

"공부는 내가 열심히만 하면 되는데, 사람을 만나는 건 나 혼
자 하는 게 아니니까 참 어렵네요."

사람과 사람의 만남이란 게 무엇일까요? 도대체 그게 무엇이
기에 우리는 누군가를 만나서 행복하기도 했다가 상처 입기도
하는 걸까요?

'만나다'의 어원을 '맛나다'와 관련을 짓는 경우도 있습니다.
민간 어원이라 학문적으로는 타당성이 매우 약합니다만, '서로

만나는 것에는 맛이 있어야 한다'라는 설명에는 웃음이 지어집니다. 맛과 멋이 있는 만남이 왠지 좋아 보입니다. 어원이 맞는지에 상관없이 말입니다.

우리말 '만나다'의 어원을 따라가 보면 '맞다'라는 말이 나옵니다. '맞이하다, 마중'과 관련이 있는 말입니다. 그러니까 만나다는 기본적으로 '마주하는 것'입니다. 누군가를 맞이하고 누군가를 만나기 위해서 기다리는 것입니다. 누군가를 만난다는 건 서로가 서로의 체온을 느끼고, 목소리를 듣고, 모습을 보는 것입니다.

우리는 살면서 많은 사람을 만납니다. 우리가 누구를 만나는가에 따라 우리의 인생이 달라질 수도 있습니다. 우리말에서 세상을 산다는 말은 사람을 만난다는 말과 같은 표현으로 보입니다. '살다'와 '사람'을 어원이 같다고 보기 때문입니다. '사랑'까지 같은 어원으로 연결시키는 경우도 있는데, 사랑은 생각하다는 의미의 한자어 '사량思量'에서 온 말로 보는 경우도 있습니다. 예전에 우리말 '사랑'은 생각한다는 의미였습니다.

그런데 많은 이들이 사람과 사랑은 어원이 같을 거라고 생각합니다. 아마 사랑을 하며 사는 게 사람이라고 생각했기 때문일 겁니다. 보통 사람들의 생각이 더 아름다울 때가 많습니다. 세상을 살아가는 게 사람이고, 살려면 사람을 만나야 하는 게 우리의 인생입니다. 이왕이면 사랑하는 사람을 만나며 사는 삶이길 바랍니다.

우리는 혼자 살 수 없기에 서로 만나면서 살아야 합니다. 살면서 좋은 만남을 유지할 수 있다면 그만큼 행복한 일은 없을 겁니다. 우리는 나와 맞는 사람과 한평생 함께하기를 바랍니다. 그래서 세상의 모든 만남은 귀합니다. 나와 잘 맞는 사람을 찾는 과정이기 때문입니다. 인간人間이라는 말도 사람과 사람의 사이라는 뜻으로 혼자서는 인간이 될 수 없습니다. 사이가 좋다는 말도 만남의 중요성을 보여 줍니다. 만남이 없다면 사람의 사이도 필요 없을 겁니다.

그런데 사람의 사이는 변합니다. 더 가까워지기도 하고, 한없이 멀어지기도 합니다. 꼭 붙어 지내다가도 벽이 생겨서 서로를 보지 못하기도 합니다. 서로에게 상처가 되기도 하고, 배신을 당해 괴로워하기도 합니다. 모든 사람은 서로 다르기 때문에 사람과의 관계는 마치 확률 게임 같습니다. 서로 잘 어울리는 사이가 되기도 하고, 전혀 맞지 않는 사이가 되기도 합니다. 하지만 확률이기에 관계를 맺기 전에는 예측할 수 없습니다. 살면서 어울리는 사람만 만나면 좋겠지만 그런 일은 하늘의 별 따기입니다. 한 번 맺은 관계가 평생을 가는 것도 아닙니다. 타이밍 때문에 어긋

나기도 하고 헤어지기도 합니다.

새로운 인연을 만나는 걸 두려워하는 사람도 많습니다. 사람을 만나는 것에 대한 두려움이겠지요. 또 어긋나면 어떻게 하나 걱정도 될 겁니다. 하지만 지나온 시간을 돌아보면 새로운 관계는 새로운 기쁨이 되는 경우가 많습니다. 새로운 인연이 악연이 될 확률은 오히려 낮습니다. 지금까지 만나온 사람 중에 악연이라고 생각되는 사람은 얼마나 되나요? 만나지 않았다면 좋았을 사람은 얼마나 되나요? 아마 생각해 보면 그리 많지 않을 겁니다.

산다는 것은 사람을 만난다는 말임을 기억했으면 합니다. 새로운 사람을 만나면서 새로운 세상을 만나기도 합니다. 나와 다른 사람이 보여 주는 세상이 낯설기도 하지만 기쁘기도 합니다. 때론 서로의 슬픔에 공감하면서 더 깊은 슬픔에 빠지기도 하지만 슬픔이 꼭 나쁜 것은 아닙니다. 위로해 주는 사람이 많은 만큼 슬픔도 고통도 더 많이 치유되니까요. 새로운 사람을 더 많이 만나 새로운 세상을 더 많이 만날 수 있기를 소망합니다.

4장

무언가를 향한 기도

과거와 미래,
기쁜 일과 슬픈 일의 기억 창고

　　　　　　　불교 관련 책에 푼니카라는 성자
이야기가 있습니다. 푼니카는 아버지가 누군지도 모르고, 어머
니도 아기 때 세상을 떠난 뒤 하녀로 힘들게 살고 있었습니다.
자신의 과거를 돌아보면 늘 비참했기에 그녀의 얼굴에는 분노가
가득했습니다.

　어느 날 그녀는 부처님의 법문을 듣고 큰 깨달음을 얻었습니
다. 바로 화의 원인이 과거나 미래에도 변하지 않을 거라고 생각
하지 말라는 이야기였습니다. 노력하면 화의 원인이 사라질
거라고 생각한 거지요. 그 후 푼니카는 사람들에게 친절해졌고

그러자 많은 이의 존경을 받았습니다. 현재가 변하면 과거도 변하고 미래도 변합니다. 나의 지금을 바꾸려 노력하면 과거의 어둠은 지금의 나를 만든 거친 씨앗이 됩니다. 물론 미래는 나를 밝게 인도합니다.

우리는 지나간 시간을 과거라고 하고, 아직 오지 않은 시간을 미래라고 합니다. 과거는 가는 것이고, 미래는 오는 것이라는 생각이 말에 담겨 있습니다. 과거를 순우리말로는 옛날이라고 합니다. 옛날이라고 하면 아주 오래전처럼 보이지만, 옛날의 기준은 상대적이어서 생각보다 오래전이 아닌 경우도 많습니다.

미래라는 말은 굳이 우리말로 하자면 앞날이라고 할 수 있습니다. 지금은 한자어로 쓰는 내일이라는 말도 원래는 우리말이 있었습니다. 고려시대의 문헌인 《계림유사》에서 추정할 수 있습니다. 내일의 옛말은 '올제' 정도로 찾을 수 있습니다.

우리말에서 때를 나타내는 말에는 '제, 적'이 주로 쓰입니다. '어릴 적, 어릴 제'가 그렇습니다. 날을 나타내는 말에는 '어제'와 '그제'가 있습니다. 지금을 나타내는 표현으로는 '이제'가 있습니다. 아마도 내일을 나타내는 말은 앞으로 올 때라는 의미에서 '올제'가 아니었을까 싶습니다.

전에는 내일을 뜻하는 말로 '명일明日'이라는 말도 사용했습니다. 명일이라는 말은 긍정적인 생각이 보여서 좋습니다. 내일을 밝은 날이라고 생각하는 겁니다. 물론 내일이 되면 해가 뜬다는 생각에서 명일이라고 했을 겁니다. 새벽이 오고 어둠이 물러가면 해가 뜹니다. 새로운 날이 시작됩니다. 새날이 내일인 셈입니다. 사실 '새'라는 말도 해와 관계가 있습니다. 밝다는 뜻입니다. 밝을 명明에도 해 일日이 들어 있습니다. 내일은 밝은 날입니다. 밝아야 합니다. 새로 시작하는 날입니다.

저는 예전에 한 제자를 '밝은 미래'라고 부른 적이 있습니다. 처음에는 제자의 편지에서 따온 말이었지만, 희망을 담아서 '밝은 미래'라고 불렀더니 제자는 스스로의 미래를 밝게 보는 듯했습니다. 부르는 저의 마음도 좋았습니다. 미래는 바뀝니다. 정해져 있지 않습니다. 우리의 마음에 따라서, 현재의 내 모습에 따라서 앞날의 모습은 밝아집니다. 그것은 변하지 않는 사실입니다. 앞으로의 내 상황이 변하지 않을 거라고 생각해서 우울해하고 화를 낼 필요는 없습니다.

인간은 생각하는 갈대입니다. 생각을 하는 것이 인간의 특징이지만, 생각 때문에 흔들리고 괴로워하는 것도 인간입니다. 생각 때문에 기쁘기도 하지만 생각 때문에 한없이 슬프기도 합니다. 모든 생각이 똑같은 게 아닙니다. 우리는 어제를 생각하기도 하고 내일을 생각하기도 하지요. 과거를 생각하는 것을 회상이나 후회라고 하고, 미래를 생각하는 것을 계획이나 희망 또는 걱정이라고 합니다.

생각은 머리로도 하지만 눈으로도 합니다. 눈은 생각의 방향을 보여 줍니다. 눈만 봐도 언제 일을 생각하는지 알 수 있습니다. 과거를 생각할 때는 자신도 모르게 눈이 왼쪽 위로 올라갑니다. 반대로 미래에 일어날 수 있는 일을 상상할 때는 눈이 오른쪽 위로 올라갑니다. 물론 눈이 올라가지 않은 채 생각에만 잠기는 경우도 있지요. 억지로 다른 방향으로 눈을 올리려고 하면 피곤해지기만 합니다.

이렇게 어떤 생각을 하느냐에 따라 올라가는 눈의 방향이 다르다는 것은 머릿속에서 생각하는 부분이 다르기 때문이 아닐까요? 과거와 미래는 기억 창고가 달리 마련되어 있나 봅니다. 그렇다면 기쁜 일과 슬픈 일의 기억 창고는 어떨까요?

나이 들수록 과거를 회상하고, 젊을수록 미래를 많이 생각하는 듯합니다. 어릴 때 추억이 떠오르고, 옛일이 생각나고, 후회가 많다면 그만큼 지금 내가 힘든 겁니다. 그럴 때는 너무 과거에 빠져 있지 말고 일부러 밝은 미래를 많이 생각해야 합니다.

미리,
준비와 걱정은 다르다

'미리미리 준비하자!'

'미리'와 '준비'는 짝꿍처럼 같이 쓰는 경우가 많습니다. 왜 미리 준비를 할까요? 나중에 올지도 모르는 걱정, 불행을 막자는 것이겠지요. 인간은 준비하는 동물입니다. 물론 인간만 준비하지는 않습니다. 동물이나 식물도 본능적으로 준비를 합니다. 다람쥐는 추운 겨울을 보내기 위해 도토리를 모아 놓기도 하고, 너구리는 겨울잠을 자기 전 미리 바위 이끼와 풀 등을 긁어모읍니다. 꽃을 피워서 벌이나 나비를 부르는 것도 사실은 미래를 위한 준비일 겁니다.

지진이나 화산 폭발, 홍수나 가뭄 같은 자연재해는 인간보다 다른 생명체가 훨씬 더 잘 준비하기도 합니다. 미리 피하기도 하고, 새로 집을 만들어 두기도 합니다. 준비는 살아남기 위한 수단이자 생명체를 진화시키는 원동력입니다. 당연히 나를 안전하게 지키고, 발전시키기도 합니다.

미리 걱정하는 것은 준비와는 다른 문제입니다. 준비는 걱정을 없애자고 하는 건데, 오히려 준비할 수 없는 일을 막연히 걱정하는 경우가 많습니다.

'미리'는 어원으로 보면 밀려 들어오는 것입니다. 미는 것이면서 밀려 들어오는 것이기도 합니다. 저는 '미리'라는 말의 어원이 '밀다'와 관계가 있을 것으로 봅니다. 우리말의 '밀다'는 다양한 어휘와 관련이 있습니다. 쉬운 어휘로는 '밀치다, 밀리다' 등이 있습니다.

조금 생각해 봐야 하는 어휘로는 '미루다'가 있습니다. 지금 해야 할 일을 뒤로 밀어 놓는 것을 '미루다'라고 합니다. 그런데 '미리'는 밀어 놓은 것이 아니라 당겨 놓은 것이 아닌가 하는 생각이 들었습니다. 앞으로 일어날 일은 당겨서 생각하는 일이기 때문입니다.

그때 생각나는 어휘가 바로 '밀물'입니다. 밀물은 밀려드는 물

입니다. 반대로 멀리 끌려 나가는 물은 '썰물'입니다. '썰물'의 어원은 '혈물'로 올라가는데 '혀다'가 바로 '끌다[牽]'라는 뜻입니다. 밀물과 썰물의 뜻으로 볼 때 행위의 주체가 우리가 아니라는 점이 흥미롭습니다. 누군가가 밀어 놓은 것이고, 누군가가 끌어당겼다는 의미입니다. 만유인력의 법칙은 몰랐겠지만 달이 밀물과 썰물의 주체인 것은 알았던 듯합니다. 아니, 최소한 달과 관련이 있었다고 생각한 듯합니다.

이렇게 본다면 '미리'라는 말도 앞의 일을 당겨서 생각하는 것이 아니라 누군가에 떠밀려서 생각하게 되는 것은 아닐까요? 처음에는 준비인 줄 알았는데 지나면서 불안이 커져 큰 파도처럼 나를 덮치는 것이지요. 주체적인 것은 '준비'라고 할 수 있지만 떠밀려서 어쩔 수 없이 생각하게 된 것은 '걱정'입니다. 혹여 지금 너무 많은 것을 미리 앞당겨 걱정하고 있지는 않나요? 정말 필요한 것은 준비를 해야겠지만, 지금 하지 않아도 되는 것은 다음으로 살짝 미뤄 두어도 괜찮지 않을까요? 여러분의 하루에 원하지 않는 걱정이 적어지길 바랍니다. 내 머릿속으로 밀려드는 쓸데없는 걱정이 적어지길 바랍니다.

걱정은 밀물처럼 밀려듭니다. 미리 걱정하는 마음속에는 너무 많은 게 밀려옵니다. 지금 생각하지 않아도 되는 것, 오늘 생각하지 않아도 되는 것이 들어와서 내 속에서 넘쳐흐르게 됩니다. 걱정을 덜어 내고, 그만큼 빈 공간을 마음속에 만들면 좋겠습니다. 아니, 일부러 마음의 공간을 만들기보다 자연스럽게 생겨난다면 좋겠습니다. 우리 모두의 마음에 빈 공간이 많아지기를 소망합니다.

기억,
행복한 기억을 그리움으로 간직한다

　　　　　　　여러분은 행복한 기억을 간직하는 편인가요? 힘들고 슬픈 기억을 오래 간직하는 편인가요?

요즘에는 SNS로 많은 사람이 연결되어 있습니다. 덕분에 많은 사람의 이야기를 듣게 됩니다. 심리상담가인 한 분은 10대 시절에 아버지가 병으로 돌아가셨다고 합니다. 그분의 기억 속 아버지의 모습은 40대의 젊은 모습입니다.

그 아버지가 어린 자신을 자전거 뒤에 태우고 동네를 한 바퀴 돌던 이야기, 아버지의 감성을 물려받은 이야기, 그보다 더 그때의 아버지를 너무도 만나고 싶은 애틋한 이야기들입니다. 그 이야기 속의 아버지는 참 자상하고 멋진 분입니다.

어느 날은 다른 분이 10대 시절에 갑자기 사고로 돌아가신 아버지를 떠올리며 그 시절에 행복했던 자신의 모습을 회상하고 있었습니다. 그분들이 간직하고 있는 아버지와의 추억에서 잔잔한 일상의 행복이 흠씬 느껴졌습니다.

생각에도 여러 종류가 있습니다. 미래에 대한 생각도 있고 과거에 대한 생각도 있습니다. 미래에 대한 생각도 종종 과거인 경우도 있습니다. 어떤 일을 할지 과거에 계획해 놓은 경우이지요. 아무래도 생각은 과거 속에 더 많은 듯합니다. 그리고 과거의 일을 생각할 때면 아련한 기억으로 떠올라 더욱 애틋하게 다가옵니다. 우리의 기억에는 망각이라는 장치가 있어 잊고 싶은 기억은 잊고, 간직하고 싶은 기억은 오래 간직하니까요.

기억은 생각을 기록하는 것입니다. '기記'는 기록한다는 의미이고, '억憶'은 생각한다는 의미입니다. 다시 말해 기억은 종이에 펜으로 쓰는 것이 아니라 생각을 마음속에 기록하는 것입니다. 기록記錄 또한 기억과 관계가 있겠네요. 기억을 더듬어 기록하고, 기억하기 위해서 기록하는 것일 테니 말입니다. 그래서일까요? 기억은 약간 인위적인 느낌이 있습니다. 기억하기 위해서 노력이 필요한 경우가 있을 정도로 말입니다. 그래서 우리는 기억할 필요가 있다는 말도 합니다. 인위적이지요.

　추억追憶은 기억과는 다른 느낌입니다. 생각을 따라가는 거지요. '추追'는 따라간다는 의미입니다. 자연스럽습니다. 기억을 위해서 억지로 쫓아가는 게 아니라 생각이 꼬리를 물고 따라가게 됩니다. 골목길을 보면 생각나고, 포도송이를 보면 생각납니다. 장미꽃을 봐도, 백합을 봐도, 수국을 봐도 내 생각은 옛일을 향해 갑니다. 그때 만난 사람이 생각나고, 그때 같이 먹던 음식이 생각나고, 함께 부르던 노래가 생각납니다. 추억은 그리움과 닿아 있습니다. 아련한 그리움이지요.

　누군가 우리 마음속에 살아 있다면 그것은 우리가 기억하고 추억하고 있기 때문입니다. 사람을 기억하는 일, 추모하는 일은 그래서 슬프지만 기쁜 일입니다. 그가 우리 속에서 우리와 함께 살아 있음을 느끼는 일이기 때문이지요. 인간의 통과제의通過祭儀에는 '관혼상제'가 있습니다. 이 중에서 어른이 되고 결혼을 하는 '관혼'은 기쁜 일이고, 장례를 치르고 제사를 지내는 '상제'는 슬픈 일이 아닐까 생각할 겁니다. 하지만 슬픈 일은 '상'뿐입니다. 제사는 길례에 속합니다. 즐거운 일입니다.

　어찌 보면 제사를 엄숙하게 치를 이유도 없습니다. 슬퍼할 이유는 더더욱 없습니다. 돌아가신 분과의 슬픔은 상에서 끝내고,

다시 제사를 통해 만나게 됨을 기뻐해야 합니다. 그분을 떠올리고, 추억을 함께 나누어야 합니다. 때로는 함께 부르던 음악을 틀어 놓고, 그분이 좋아하시던 음식을 같이 먹는 것도 좋겠네요.

추억은 아름다운 것이지요. 우리에게 '행복한 그리움'을 떠올리게 해 주니까요. 추억이 아름다운 것은 우리의 기억이 좋은 일을 더 오랫동안 간직하기 때문입니다. 특히 자신이 힘들 때일수록 예전에 좋았던 기억, 좋았던 사람 생각을 더 많이 합니다. 그래서 추억은 언제나 힘이 있고 우리 마음속에 '행복한 그리움'으로 자리 잡고 있는 것이지요.

우리말 '그립다'는 말은 참 정겨운 표현입니다. 우리말 '그리다'에는 두 가지 의미가 있습니다. 하나는 그립다는 뜻이고, 다른 하나는 그림을 그린다는 의미입니다. 사실 두 단어의 의미는 맞닿아 있습니다. 머릿속에서 그린 것을 손으로 그려 내는 것이니 말입니다. '그립다'라는 단어를 들으면 옛 추억과 기억이 떠오릅니다. 여기에서 '떠오르다'라는 말도 그리움의 다른 표현일 겁니다. 그리움은 이렇게 문득 우리 기억 속으로 들어옵니다.

영어로 기억하다는 'remember'입니다. 're'는 과거로 돌아간다는 의미지요. 과거로 돌아가는 게 기억이겠네요. 영어 어원사전을 보면 'member'가 생각과 관련이 있다고 합니다. 그런데 제사에 관한 생각을 하다가 문득 깨닫게 되었습니다. 'remember는 다시 우리 속에 식구로 돌아오는 것이구나' 하는 것을 말입니다. 어원적으로는 맞지 않더라도, 우리가 추억한다면 우리 속에서 늘 함께할 겁니다.

사이,
사람과 사람의 거리

　　사이는 사람과 사람의 거리를 말
합니다. 사람과 사람의 거리는 가깝기도 하고 멀기도 합니다. 마
음이 가까운 사이일수록 두 사람 사이의 거리가 가깝고, 마음이
먼 사이일수록 두 사람 사이의 거리가 멀지요. 친한 사람은 가까
이 있고 싶어 하고, 덜 친하거나 싫은 사람과는 떨어져 있고 싶
어 합니다. 사랑하는 연인은 가까이서 속삭이고, 사이가 안 좋은
사람은 멀리서 소리를 지르지요. 마음의 거리가 이미 멀어져 있
기 때문입니다. 저 멀리서 지르는 소리는 그대로 그 사람의 마음
에 닿아 상처가 됩니다.

'사이'로 시간을 표현할 때는 '새'라는 말을 씁니다. 새와 비슷한 말로 '틈'이 있는데, 틈은 공간의 개념이 더 강합니다. '사이'는 주로 시간적 표현에 많이 쓰지만, '사람과 사람의 관계'처럼 공간의 추상적 개념으로도 쓰입니다. 물리적으로 존재하는 공간이 아니라는 의미입니다. 즉 '사이'는 사람과 사람 관계의 느낌이 더 강합니다. 사람과 사람의 틈인 사이가 갈라져서 메워지기 어렵다면 산지옥이 따로 없을 것입니다. 틈을 메울 수 없을 만큼 벌어져 영영 멀어질 수 있습니다.

한편 거리는 관습의 영향도 많이 받습니다. 민족에 따라, 언어권에 따라 같이 서 있는 거리가 다릅니다. 일반적으로 한국 사람이나 일본 사람에 비해서 중국 사람이 함께 서 있는 거리가 가깝습니다. 남미나 아랍도 비교적 사람 간의 거리가 가까운 편입니다. 서로 거리가 다른 사람끼리는 왠지 모르는 불편함이 있습니다. 그래서 이러한 거리를 비언어적 행위에 포함시킵니다. 가까이 다가가고 멀어지는 것만으로도 충분히 의사 표명이 되는 겁니다.

최근에 류시화 선생의 책《새는 날아가면서 뒤돌아보지 않는다》를 읽다가 거리에 대해서 깊이 생각해 보게 되었습니다. 그 책 속에는 메허 바바라는 영적 스승이 들려준 우화가 소개되어

있었습니다.

이 우화에서 '사람들은 화가 나면 왜 소리를 지르는가'라는 질문이 나옵니다. 답은 가슴과 가슴이 멀어져 있기 때문이라고 합니다. 특히 가까운 사람이 소리를 지르는 것은 가슴의 거리가 저만큼 멀어져 소리가 닿지 않기 때문이라는 말이었습니다.

일리가 있는 말입니다. 가까이에 있으면서도 소리를 치고 상처를 주는 것은 그만큼 서로 멀어져 있다는 증거일 겁니다. 사랑하는 사람일수록 속삭이고 다정해집니다. 어떨 때는 말도 필요 없이 눈빛만으로도 서로 통합니다. 누군가에게 소리를 지르고 있다면 반성해야 합니다. 멀어진 우리의 관계를 되돌아보아야 합니다. 특히 가까운 사람이라면 더 깊이 뉘우쳐야 합니다. 소리를 지르지 않는 것만으로도 둘의 거리는 가까워질 수 있습니다.

류시화 선생의 다른 책《좋은지 나쁜지 누가 아는가》에는 사람과 신의 거리에 관한 이야기가 나옵니다. 라코타 수우족은 고통을 겪고 슬픔에 잠겨 있을 때 신과의 거리가 가장 가까워진다고 믿었다는 내용입니다. 맞는 말입니다. 신을 부정하던 사람들도 너무 힘들면 신을 찾습니다. 아마도 신이 가까이에 와 있기 때문이 아닐까요?

저는 여기서 신의 존재를 논하려는 게 아닙니다. 우리가 고통스럽고 힘든 시간을 겪는 것 또한 그 뜻이 있을 겁니다. 신이 가까이에 있다는 말은 세상의 진리를 보는 새로운 눈을 갖게 했다는 의미도 됩니다. 늘 평탄하게 사는 사람은 고통의 의미를 모릅니다. 고통이 들려주고 보여 주는 세상을 모릅니다.

고통스러운 사람에게 신이 당신 가까이 와 있다는 이야기는 마음에 와닿지 않을 수 있습니다. 오히려 신의 존재를 부정하고 싶어 할 겁니다. 나는 착하게 살았는데 왜 나에게 이런 일이 생겼느냐고 하면서 원망을 쏟아 낼 수도 있습니다. 하지만 한 가지는 분명히 확신합니다. 고통은 나쁜 게 아닙니다. 슬픔은 나쁜 게 아닙니다. 고통과 슬픔을 겪어 내면서 새로운 힘을 얻고 새로 태어납니다. 그것을 종교에서는 신을 만났다고 표현합니다.

세상에서 나만 힘들고 외로운 것 같지만, 다른 사람들과 얘기를 해 보면 모두 똑같은 말을 합니다. 결국 세상의 모든 사람이 힘들고 외롭다고 느낀다는 겁니다. 사실 이런 감정을 느끼지 않는다면 거짓이겠지요.

가족을 잃은 사람, 큰 병에 걸린 사람, 사람과의 관계에서 힘들어하는 사람이 수도 없이 많습니다. 우리가 신과 가까워지는 순간입니다. 나를 단련시키고 새롭게 힘을 얻게 하는 귀한 시간입니다. 다시 말하지만 받아들이기 어려울 겁니다. 하지만 이게 답입니다. 다른 답은 없습니다. 이 힘든 시간이 지나야만 알게 되는 어려운 답입니다. 그래서 잘 지나가게 버티고 또 버텨야 합니다. 주변 사람의 위로와 관심도 그래서 더 필요합니다. 서로 기대면 더 오래 버틸 수 있습니다. 사람과 사람 사이, 사람과 신 사이는 가까울수록 우리에게 큰 힘이 됩니다.

혼자,
스스로의 가치를 지키는 법

인생에서 제일 괴로운 단어가 뭐
냐고 물으면 주저 없이 '혼자'와 '신독愼獨'이 떠오릅니다. '혼자'
라는 단어는 듣기만 해도 외로움이 느껴집니다. 아무도 없는 빈
공간에서 철저히 외로움을 느껴 본 사람은 혼자의 고통을 알 겁
니다. 잠시만 혼자 버려진 느낌을 받아도 괴롭기 짝이 없습니다.
아무도 나를 이해하지 못한다는 생각을 하면 정말 괴롭습니다.

한편 고전을 읽을 때면 자주 등장하는 어휘가 '혼자 있을 때
스스로 삼가라'는 뜻의 신독입니다. 아무도 보지 않는데도 마음
을 다스리고 행동을 조심하는 것은 쉬운 일이 아닙니다. 성인聖人

의 경지라고도 할 수 있겠네요. 우리는 마음속으로 수많은 죄를 저지르고 삽니다. 하지만 신독은 그런 생각조차 하지 않는 것입니다. 혼자 있을 때조차도 나쁜 짓을 하지 않는 것이지요.

우리는 사람들과의 관계 속에서 흐트러지는 스스로를 쉽게 발견합니다. 당연히 대다수의 사람들은 두려운 마음에 나쁜 짓을 하지 않습니다. 그러나 '이 행동을 하면 따돌림을 당할 거야' '이 행동을 하면 미움을 받겠지'라는 생각에 나쁜 행동을 안 했다고 착하다고 할 수는 없습니다. 마음에는 오만 가지 생각이 떠오르는데 실제로 행동에 옮기지 않았다고 신독은 아니겠지요. 실제로 나쁜 행동을 하지 않은 이유는 사람과의 관계가 주는 엄밀함과 두려움 때문입니다. 깨달음은 아니지요.

그러기에 옛 성인들은 평상시 사람들 속에서 자신이 행하는 행위는 당연한 것으로 여겼습니다. 다른 사람과의 관계에 겁을 먹은 것으로 그리 칭찬할 만한 일이 아니라는 것이지요. 오히려 위험은 혼자 있을 때 일어납니다. 겉으로는 인仁인 척, 자慈인 척하고 있지만 마음속에서는 또 다른 죄를 짓고 있고, 어떤 순간에는 행동으로 옮길 수 있는 위험을 안고 있습니다. 우리말 '혼자'는 혼자일 때의 마음가짐과 행동을 잘 보여 주고 있습니다.

176

혼자를 뜻하는 말 중에는 히읗으로 시작하는 게 많습니다. 혼자, 홀로, 홀수 모두 어원적으로 같은 말입니다. 혼자의 가치가 낮아지면 '한낱'이 됩니다. 신독과 혼자라는 말에는 혼자 있을 때도 스스로의 가치를 지키는 법이 담겨 있습니다. 이 말은 우리는 혼자가 아니라는 생각이 바탕에 깔려 있습니다.

인생을 혼자 산다고 생각하면 아무렇게 살아도 됩니다. 굳이 번거롭게 규칙을 지키거나 도리를 지키지 않아도 되지요. 지금은 혼자이지만 언젠가는 누군가와 함께할 거라고 생각하니까 아무렇게 살 수가 없는 겁니다. 혼자라는 생각이 들 때는 다른 사람과의 관계, 내가 만나야 할 사람과의 관계를 생각해 보세요. '혼자'는 혼자일 때보다 다른 사람과 함께하는 가치 속에서 더욱 빛나는 말입니다.

우리는 사람들에게 비추어지는 내 가식을 나의 모습이라고 말하며 삽니다. 가식을 줄이는 게 신독으로 다가가는 길입니다. 분명히 신독은 어렵지만 사람과의 관계 속에서 스스로를 가다듬으며 조심하고 또 조심합니다. 홀로 있을 때 나를 지키는 방법에는 무엇이 있을까요? 혼자 있지만 외롭지 않을 방법은 뭐가 있을까요? 역설적이게도 두 문제의 답은 통합니다.

바로 내가 혼자가 아니라는 것을 깨닫는 겁니다. 홀로 있을 때 어떤 모습이 떠오르나요? 나의 아슬아슬함을 지켜 주는 모습이 있습니다. 부모님의 모습이기도 하고, 친구의 모습이기도 하고, 내가 믿는 신앙의 모습일 수도 있습니다. 조금 어려운 말로는 진리일 수도 있습니다. 혼자 있을 때 혼자가 아님을 깨닫는 것이 신독의 시작이 아닐까 합니다. 혼자 있을 때 혼자가 아니라는 것을 알게 되면 외로움도 사라질 수 있습니다. 사실 우리는 혼자가 아닙니다.

혼자라는 말은 '하나'라는 말과 통합니다. 하나니까 혼자이겠지요. 그런데 하나가 자기의 존재를 귀하게 생각하지 않으면 '한낱'이 되고 맙니다. 한낱은 하나하나가 낱낱이 흩어지는 겁니다. 그게 외로움의 원인이 되고 두려움의 이유가 됩니다. 하지만 하나가 다른 사람과 같이 있다고 생각하면 '함께'가 됩니다. '함께'라는 말도 원래는 '한'이라는 말이 포함되어 있었습니다. 하나가 된다는 의미입니다. 저는 혼자 있어도 외롭지 않고 홀로 있어도 두렵지 않은 세상을 꿈꿉니다. 혼자와 신독의 의미를 다시 생각해 봅니다.

일없다,
괜찮아, 걱정하지 마!

                                         '괜찮다'와 '일없다', 남한 말과 북한 말의 차이를 말할 때 가장 많이 예로 드는 말입니다. 남한이나 북한에서만 쓰는 말이 아닌데도 왠지 남북의 언어 차이가 느껴지는 표현입니다. 두 표현이 같은 뜻은 아니지만, 둘 다 상대를 안심시킬 때 쓰는 말이어서인지 왠지 친근한 느낌입니다. 물론 어떤 상황에서 쓰이는가에 따라 느낌도 무척 달라집니다. 둘 다 거절의 의미로 쓸 때도 있습니다. 거절에도 예의가 있어야 하고 안심이 필요합니다.

     저는 괜찮다는 말을 떠올리면 토닥이는 모습이 생각납니다.

울먹이는 아이에게 괜찮다는 말만큼 큰 위로가 없습니다. "괜찮아. 걱정하지 마. 일없어. 신경 쓰지 않아도 돼." 모두 "괜찮아. 힘내"라는 뜻으로 쓰는 말입니다. '괜찮다'와 '일없다'는 말은 내가 남을 안심시키는 말이기도 하고, 누가 나한테 해 주면 안심이 되는 말이기도 합니다. 내가 힘들 때 누가 나한테 "그 정도는 괜찮아!"라는 한마디만 해 주어도 큰 위로가 됩니다. "괜찮아. 남들도 다 그래! 원래 시작은 그런 거야." 이 한마디면 충분합니다.

'괜찮다'의 어원은 의견이 나뉩니다. 괜찮다는 말은 '괜히 하지 않는다'는 말의 줄임말입니다. 따라서 '괜히'의 어원을 찾는 게 실마리가 됩니다. 괜히는 '공연히'가 줄어든 말입니다. 괜히 하지 않는다는 말은 공연히 하지 않는다는 뜻입니다. 요즘 '공연히'라는 말의 사용이 점점 줄어들어서인지, '괜히'와 '공연히'의 연관성을 금방 알아차리지 못하는 듯합니다. 괜찮다는 말은 '공연히 하지 않아도 된다, 까닭 없이, 일부러 신경 쓸 필요가 없다'는 의미입니다.

괜찮다의 어원을 '관계하다'로 보는 학자도 있습니다만, '관계하다'가 '괜히'로 바뀌는 과정을 설명하는 게 어렵습니다. 의미상 비슷하다고 해서 어원이라고 할 수는 없습니다. 그리고 '관계하지 않는다'고 해석을 하는 경우에는 괜찮다의 의미를 나와는 상

관없다는 뜻으로 생각해 버리는 문제가 생기게 됩니다. 위로의 뜻이 그다지 느껴지지 않습니다.

　괜히를 공연히의 의미로 해석하면서 잠깐 생각해 봅니다. 공연히 하지 않는 게 왜 상대의 마음을 다독거리는 게 될까요? 우리는 살면서 많은 걱정을 만납니다. 나에게 이런 일이 닥친 것을 참기 어렵습니다. 눈물이 나고 나도 모르는 사이에 실수를 하기도 합니다. 그럴 때 옆에 가만히 와서 공연히 그 생각에 빠져 있지 않아도 된다고 말하는 게 아닐까 하는 생각이 들었습니다. 그렇게까지 걱정하지 않아도 된다는 의미로 보입니다. 마치 "괜찮아, 걱정하지 마. 내가 있잖아" 하듯 말입니다.

　'일없다'에서 '일'은 의미가 중립적입니다. 특별히 나쁘거나 좋은 의미가 있는 것은 아닙니다. 하지만 "무슨 일 있어요? 별일 아니야"와 같은 표현에서는 문제 상황을 의미하게 됩니다. 좋은 일도 많을 텐데 괜히 일이라고 하면 덜컥 겁이 납니다. 큰일은 주로 좋은 일이 아님이 분명합니다. "큰일 났어요"와 같은 말을 들으면 가슴이 철렁하지요. 무슨 일이 있을까 봐 무서운 겁니다. 그럴 때 들려주는 말이 '일없다'입니다. 일이 없다는 말은 걱정할 일이 없다는 의미입니다.

　서로가 서로에게 "괜찮아" "일없어"라는 말을 많이 해 주세요.

세상을 살면서 큰일이 없었으면 좋겠습니다. 서로에게 닥쳐오는 일이 별일이 아니었으면 좋겠습니다. 혹시라도 어려운 일을 당한다고 해도 '괜찮다' '일없다'라는 말을 떠올렸으면 좋겠습니다. 그때는 힘들어도 시간이 지나면 분명 괜찮고, 일없는 일이 될 것입니다. 언젠가 "너 괜찮아?"라고 물으면 "괜찮아" "일없어"라는 대답을 할 날이 분명 올 것입니다. 이건 괜찮아지길 바라는, 일없어지기를 바라는 우리의 기도가 아니라 많은 이들이 삶에서 증명한 삶의 법칙과도 같은 것입니다.

일부러,
일이 없는데도 하는 것

우리가 살면서 어떤 일은 하고 싶어서 하고 어떤 일은 하기 싫어도 합니다. 어떤 일은 굳이 해야 하는 일이 아닌데 하는 경우도 있습니다. 그럴 때 쓰는 우리말이 바로 '일부러'입니다. 일부러는 '일'과 '부러'가 합쳐진 말입니다. 일을 부러 한다는 의미이지요.

'부러'라는 말은 원래 중세 국어에서 독립적으로 쓰였고, 요즘에도 단독으로 쓰이기도 합니다. '부러 화를 낸다'는 표현을 하는 경우도 있습니다. 예를 들어 친구가 가게 점원 때문에 기분이 나빠 화를 내려고 할 때, 나는 화가 나지 않았지만 일부러 화를 내는 척을 해서 친구가 화내는 것을 막는 겁니다. 누가 나 대신 화를 내 주면 왠지 위로가 됩니다.

여러분은 '일부러'라고 하면 어떤 느낌이 드나요? 아마도 대부분은 부정적인 의미를 떠올릴 겁니다. 하지만 일부러는 원래 부정적으로만 사용하지는 않습니다. 사실 일부러는 중립적인 어휘입니다. 일부러는 좋은 의미로도, 나쁜 의미로도 씁니다. 일부러 누군가를 도와줄 수도 있고 누군가를 괴롭히고 상처를 줄 수도 있습니다. 저는 일부러가 좋은 의미로 쓰이기 바랍니다.

일부러는 일을 부러 한다는 말이 굳어져서 생긴 것으로 보입니다. 일을 부러 하는 것이기 때문에 나쁜 의미로 사용될 때는 고의로 하는 게 됩니다. 반면 일부러 찾아와서 축하해 주었다는 말에는 고마운 느낌이 듭니다. 특별한 일이 없어도 일부러 와서 축하하고, 위로해 주는 사람이 있다는 건 행복한 일입니다. 일부러 할 수 있는 좋은 일도 많습니다. 굳이 내가 안 해도 되지만 다른 사람을 위해서 내가 미리 하는 것이지요. 일부러는 사람들이 고의故意와 같은 뜻으로 생각해서 부정적으로 본 게 아닐까 합니다. 고의는 나쁜 의미로 쓰이기 때문에 우리는 변명할 때 고의가 아니라고 말을 하게 됩니다.

일부러는 일이 없는데도 하는 것이지요. 자기 일이 아닌데도 하는 겁니다. 나한테 지금 당장 도움이 되지는 않지만 상대에게 도움이 된다면 하는 것입니다.

"여기까지 일부러 찾아와 주셔서 감사합니다."

"일부러 시간을 내서 제 일을 도와주셔서 감사합니다."

일부러는 나에게도 상대에게도 참 좋은 말입니다. 일부러라는 말을 쓰는 일이 많아졌으면 좋겠습니다. 하찮은 일, 내 일이 아니라고 해서 남의 일처럼 버려두지 말고, 내가 할 수 있으면 일부러, 기꺼이 해 보세요. 일부러의 사전적인 정의를 보니 '마음을 내어 굳이'라고 되어 있네요. 이왕 마음을 내어 굳이 할 일이라면 긍정적이고 좋은 일을 하면 좋지 않을까요? 일부러를 많이 쓰되, 이왕이면 긍정적인 의미로 많이 쓴다면 좋겠습니다.

일부러가 고의의 뜻으로 쓰일 때는 상처의 도구가 됩니다. 일부러 괴롭히고, 약 올리고, 못살게 굽니다. 못살게 구는 건 얼마나 잔인한 행위인가요? 도대체 살 수가 없게 만드는 일입니다. 일부러 사람을 못살게 구는 사람은 정말 나쁜 사람입니다. 남의 괴로움을 즐거움으로 여기는 사람이니 말입니다. 남에게 일부러 스트레스를 주고, 모함하고, 아픔을 줍니다. 정말 그래서는 안 되는 행동입니다.

일과 관련된 단어들을 살펴보면서 일에 대해서 다시 생각해 봅니다. 일은 억지로 하는 것보다 즐거워서 하는 게 좋은 겁니다. 시켜서 하는 것보다 좋아서 하는 일이 행복한 겁니다. 물론 어쩔 수 없이 해야 하는 일이 있겠지요. 그런 일일수록 일 속에서 나를 찾는 게 중요합니다. 나와 가족의 미래를 위한 일일 수도 있습니다. 기꺼이 할 수 있는 일이지요. 일의 완성은 '이루다'입니다. 이루다의 어원도 일에서 찾을 수 있습니다. 살면서 일에 지치지 않고, 일부러 좋은 일을 찾아 하고, 일부러 남에게 상처는 주지 말고, 오늘도 하고 싶은 일을 했으면 합니다. 일부러 하는 좋은 일이 많아지기를 소망합니다.

5장

어떤 가치

위로,
나 같은 사람이 무슨 위로가 될까?

　　　　　　　　　　　여러분이 알고 있는 위로는 주로
어떤 모습인가요? 아마도 가여운 사람에게 동정을 느껴 도와주
는 행위로 생각하기 쉬울 겁니다. 처지가 더 나은 사람이 그렇지
못한 사람의 괴로움이나 슬픔을 덜어 주려 한다는 것이지요. 위
로에 대한 작은 오해입니다. 당연히 좀 나은 처지의 사람이 어려
운 사람에게 따뜻한 말을 나누고, 어깨를 토닥여 주고, 가만히 안
아 주는 것은 위로가 됩니다. 하지만 위로는 뜻밖의 모습으로도
나타납니다.

　　사람은 저마다 가치가 있습니다. 그런데 자신이 전혀 가치가

없다고 생각하는 사람들이 있습니다. 자신이 보잘것없다고 여기는 사람들입니다. 특히 몸이 아픈 사람은 자신이 가족에게 폐를 끼치고 있을 뿐 아무 가치가 없다고 생각합니다. 하지만 세상에 가치가 없는 사람은 없습니다. 때로는 존재 자체만으로도 누군가에게 큰 힘이 되기도 합니다.

얼마 전 요양원에 봉사를 갔습니다. 다른 분들은 국악 연주를 하고 민요를 불렀습니다. 저는 이야기를 나누면서 노래도 부르는 역할을 맡았습니다. 처음에는 무슨 이야기를 하면 좋을까 고민이 많았습니다. 그러다 불쑥 "할머니, 지금까지 살면서 언제가 제일 좋으셨어요?" 하고 물어보았습니다. 다양한 답이 나왔습니다. 교회 다니며 설교 들을 때가 제일 기뻤다는 할머니도 계셨습니다. 기도할 때가 제일 좋았다는 말씀도 덧붙이셨습니다.

그런데 한 할머니의 이야기가 인상 깊었습니다. 시부모님을 모시고 살 때가 제일 기뻤다고 했기 때문입니다. '시집살이' 하면 다들 힘든 것으로만 생각하는데 좀 특이한 대답이라는 생각이 들었습니다. 할머니의 이야기를 들어 보니 젊어서 남편과 사별하고 오 남매를 키울 때 시부모님이 참 많이 도와주시고 위로해 주셨다고 합니다. 할머니는 살다 보면 좋은 날이 온다고 절대 포기하지 말라고 말씀하셨습니다.

할머니들의 이야기를 듣다 보니 오히려 제가 큰 위로를 받았습니다. 위로慰勞는 한자어입니다. 그 의미를 풀어 보면 '위로할 위慰'와 '수고스러울 로勞'가 합쳐진 말입니다. 이 말은 두 가지 의미로 해석할 수 있습니다. 하나는 '위로에는 수고가 필요하다' 라는 의미입니다. 누군가를 달래 주려면 나의 노력이 필요하겠지요. 한편 '위로에는 그동안 내가 힘써 온 것이 도움이 된다'라는 의미로도 해석할 수 있습니다. 내가 겪은 고통이나 수고가 다른 사람에게 위로가 될 수 있는 겁니다.

위로는 서로가 서로에게 주는 것이지, 어느 한쪽이 일방적으로 주는 것은 아니지요. 겉으로는 약하고 연로한 분일지라도 긴 긴 세월을 살아온 자체로 다른 이에게 위로가 될 겁니다. 그 세월을 살아온 힘, 삶의 지혜와 혜안은 따라가기 어렵습니다.

때로는 나보다 힘든 사람을 보면서 오히려 힘을 얻기도 합니다. 지금 힘든 일을 겪고 있거나 이미 겪은 사람들은 세상을 보는 깊이가 다릅니다. 우리가 보지 못한 세상을 그분들의 눈과 말로 들려줍니다. 힘든 일을 겪어 낸 사람들은 부디 그 힘든 일을 다른 사람들은 겪지 않았으면 하는 간절한 바람이 있습니다. 그래서 진심으로 다른 사람에게 자신의 말을 당부하지요. 누군가 진심으로 당부하는 말은 쉽게 지나칠 수 없고, 마음속에 더 깊이 남아 더 큰 감정의 울림으로 다가옵니다.

가족이 아프고 본인도 아픈 사람이 들려준 이야기가 기억납니다. 그는 아무리 힘든 사람도 자신을 만나면 힘을 얻는다고 했습니다. 저도 그 사람 앞에서는 엄살을 피울 수 없었습니다. 달리 말해서 자신이 힘든 상황을 견디어 나가는 모습은 다른 사람에게 위로가 됩니다. 나 자신이 다른 이에게 위로가 되는 겁니다. 그런 의미에서 우리는 힘든 시간을 보내고 있을 때에도 가치가 있습니다. 서로가 서로에게 위로가 된다는 사실만 간직하고 있어도, 세상에 쉽게 내팽개쳐지는 사람은 없을 겁니다. 누군가로부터 나 또한 쉽게 내팽개쳐지지 못할 겁니다.

'나는 귀하지 않다.'
'나는 세상에 아무 도움이 되지 않는다.'
이런 생각들이 삶의 의욕을 잃게 하고 심지어는 극단적인 선택도 하게 만듭니다. 자포자기 상태가 되어 집 밖을 나오지 않는 경우도 있습니다. 내가 너무 마음을 닫고 있어서 생기는 현상입니다. 나는 늘 누군가에게 위로받거나 동정을 받아야 하는 대상으로 한정하지 말았으면 합니다. 나 역시 귀하고 누군가에게 위로가 될 수 있는 존재라는 걸 깨달았으면 합니다.

때로는 정말 많이 아픈 사람이 주변 사람에게 희망을 주는 경

우도 있습니다. 병을 극복해서 희망을 준다기보다 아픈 가운데
도 다른 사람들을 생각하고 배려하는 마음에서 큰 위로를 받습
니다. '너한테 힘이 되지 못해서 미안하다!' 이 말은 나도 누군가
에게 건넬 수 있고, 다른 사람이 나한테 건넬 수도 있는 말이라
는 걸 기억하세요.

어른, 자란이

　　중세 국어에서는 '어른'을 '얼운 사람'이라고 표기했습니다. '얼우다'라는 말은 '교배하다, 교합하다'의 뜻으로 궁극적으로는 결혼한 사람이라는 의미였습니다. 즉 예전에 어른은 결혼한 사람을 나타내는 말이었습니다. 요즘에는 결혼을 어른의 조건으로 보기는 어렵지만, 예전에는 어른과 아이를 나누는 중요한 기준이었습니다. 결혼은 두 집안이 만나는 일이었고, 아이를 낳아 기르는 일이었기에 생각지도 못한 고통이 많았을 겁니다.

　　어른을 한자로 하면 성인成人이라고 합니다. 이루어진 사람이라는 뜻입니다. 어른이라는 말은 그만큼 책임감이 느껴지는 말입니다. 그런데 어른은 단순히 나이를 먹고 육체적으로 성장한다고 되는 게 아닙니다.

함경도 지방에서는 우리말 '어른'을 '자란이'라고 합니다. 자라는 것은 육체적인 성장은 물론 정신적인 성장도 뒤따라야 합니다. 그런데 많은 사람이 성인의 나이가 되면 저절로 어른이 된다고 생각합니다. 자란이는 성장이 끝난 사람이 아닙니다. 계속 자라는 사람입니다.

계속 자란다는 것은 자신의 그릇이 커지는 것입니다. 다른 사람의 의견을 수용하고, 다른 사람의 부족한 면도 수용할 줄 아는 것입니다. 내가 어른이라고 해서 어린아이의 말을 무시하지 않고, 남자라고 해서 여자를 무시하지 않고, 반대로 여자라고 해서 남자를 무시하지 않는 것입니다.

내가 어른이라는 소리를 들을 만큼 포용력이 있는지, 새로운 것에 관심을 가지고 계속 자랄 준비가 되어 있는지 돌아봐야 합니다. 어른인데 어른 같지 않은 사람이 많습니다. 그래서인지 어른을 부정적으로 부르는 '꼰대'라는 말도 생겨난 것 같습니다. 꼰대란 더 이상 자라지 않는 사람입니다.

그런데 성장에는 반드시 고통이 따릅니다. 성장은 아픈 겁니다. 아픔을 뒤돌아볼 수 있는 마음이 성장이겠지요. 아이들은 성장기에 성장통을 앓기도 합니다. 아파서 잠을 못 이루고 울기까지 합니다. 하지만 아프다고 성장을 안 할 수도 없는 노릇입니다. 아파도 성장해야 하는 게 인간입니다.

식물은 성장의 흔적을 나이테로 남기기도 합니다. 저는 종종 나이테도 고통의 흔적이라는 생각을 합니다. 얼마나 아팠으면 한 줄이 되었을까요? 동물은 아예 모습을 바꾸기까지 합니다. '개구리 올챙이적 생각 못 한다'는 속담이 있지요. 개구리가 되기 위해서 겉모습을 쉽게 바꾼 건 아닐 겁니다. 꼬리가 사라지고 다리가 몸을 뚫고 나오는 고통이 있었을 겁니다. 어쩔 수 없는 고통이라고 이야기할 수도 있겠지만 인간이었다면 참을 수 있었을까 하는 생각도 듭니다. 신체의 일부가 사라지고 사지가 생겨난다니 말입니다. 게다가 사는 곳까지 달라지지요. 뭍으로 올라온 물고기의 기분은 어떨까요? 성장은 이렇게 아픈 겁니다.

성장통은 주로 어려서 키가 갑자기 자랄 때 겪습니다. 한꺼번에 얼마나 많이 자라기에 저리 아플까 하는 생각도 듭니다. 아픈 만큼 성숙해진다는 말이 별로 위로가 되지 않습니다. 성숙한 후에야 그때의 아픔이 이해되는 겁니다. 고통이 없는 사람이 남의 고통을 이해하기도 어렵습니다. 고통이 사람을 단단하게 합니다.

육체적 성장은 어느 정도 나이가 되면 마무리됩니다. 하지만 정신적 성장은 사춘기 때 급격히 일어나는 듯합니다. 사춘기는 즐겁고 설레지만 고통스럽기도 한 시간입니다. 이성에 대한 생각도 깊어지고 세상에 대한 고민도 깊어집니다. 어떻게 살아야 할지 고민도 많습니다. 장래희망이나 학업도 괴롭히는 문제지요. 그 괴로움 속에서 하루하루 성장합니다. 사춘기 때 세상을 바라보는 가치관이 성장하기도 합니다. 사춘기가 중요한 이유입니다.

정신적 성장은 죽을 때까지 이루어집니다. '철들자 망령' 같은 표현은 늦은 성장을 비꼬는 말입니다. 하지만 죽을 때까지 성장한다는 사실을 잊어서는 안 됩니다. 죽을 때까지 성장한다는 말은 죽을 때까지 고통이 있다는 의미이기도 합니다. 다양한 고통이 우리를 평생 동안 괴롭힐 겁니다. 그게 인생입니다.

각각의 성장 단계마다 참 아픕니다. 죽을 때까지 성장하기 때문에 아직 우리에게 아픈 일은 무수히 남아 있습니다. 한편 성장은 고스란히 나 혼자만의 일은 아닙니다. 내 성장에는 주변의 고통도 포함되어 있습니다. 가까운 이의 죽음이나 아픔이 처절하게 내게 다가오기도 합니다. 성장은 기쁜 일로 이루어지지 않습니다. 성장은 슬픔과 고통으로 얻게 됩니다.

성장통으로 잠을 못 이루고 엉엉 우는 아이의 모습이 생각납니다. 아프다고 울지만 다른 방법이 없습니다. 이 밤이 지나야 하고, 한 해가 지나야 합니다. 그렇게 성장을 해야 합니다. 그런 의미에서 성장통은 참 아픕니다. 겪을 만큼 겪어야 하는 게 성장입니다. 매일매일 성장할 수 있기를 소망합니다.

자존심과 자존감,
나는 정말 귀한 사람인가?

'나는 정말 귀한 사람인가요?'

자존감은 이 질문에서 시작됩니다. 종교에서 말하는 '유아독존'이나 '당신은 사랑받기 위해 태어난 사람'이나 모두 자존自尊을 말하고 있습니다. 우린 모두 귀한 존재이지요. 부모님의 사랑으로 이 땅에 태어났고, 어디에도 없는 유일한 존재이니 귀합니다. 드문 것이 귀한 것이라면 하나밖에 없는 '나'야말로 진정으로 귀한 사람일 겁니다. 그런데 말은 쉬운데 실제로 이렇게 느끼는 것은 매우 어렵습니다. 내가 정말 귀합니까?

가끔 자존감과 자존심을 혼동하는 분들이 있습니다. 자존심은 참 좋은 말입니다. 스스로를 존중하는 마음이니 좋은 감정이 느껴집니다. 자존심은 누구에게나 필요한 것이지요. 그런데 우리는 자존심을 다른 의미로 종종 사용합니다. 잘난 척할 때 사용하기도 합니다. '꼴에 자존심은 있어'라는 표현에서는 '너 같은 게 무슨 자존심이 있냐'라는 생각을 드러냅니다. 무시이고 멸시입니다. 자존심을 버리고 일을 했다는 표현도 이상합니다. 자존심이 명예라도 되는 것처럼 이야기하기 때문입니다. 어떤 일이 있더라도 자존심은 버리면 안 되겠지요.

자존심이 있어야 떳떳하게 살 수 있습니다. 그래야 누가 나를 무시해도 견딜 수 있습니다. 당연한 이야기지만 자존심은 잘난 척이 아닙니다. 자존심은 오히려 스스로를 돌아보는 마음이라고 할 수 있습니다. 내가 비록 가진 게 없어도, 내가 비록 부족하더라도 나를 귀하게 생각하는 마음입니다. 그런 마음을 가지려면 잘 살아야겠지요. 하루를 귀하게 살다 보면 자존심이 더 높아질 겁니다. 엉망으로 살아가면서 자신을 귀하다고 말하는 것도 이상한 일입니다.

요즘에는 여기저기서 자존감이라는 표현을 많이 씁니다. 자존감과 자존심은 글자의 모양도 의미도 비슷하지만 큰 차이가 하나 있습니다. 자존감은 있는 그대로의 나 자신을 존중하는 마음이고, 자존심은 타인과의 경쟁 속에서 타인에게 존중받고자 하는 마음입니다. 자존감과 같이 쓰는 표현으로는 슬프게도 '떨어지다'인 것 같습니다. 물론 '높이다'라는 표현을 쓰기도 합니다. 그런데 그 표현 앞에 '떨어져 있으니'라는 말이 붙어 있는 게 문제입니다.

자존감이 낮아지는 시대입니다. 외모가 중요해지면서 타고난 자신의 모습에서 자존감을 잃습니다. 어쩌면 가장 자존감을 가져야 하는 부분이 자신의 모습인데 말입니다. 경제적인 문제로도 자존감을 잃습니다. 가난한 집에 태어난 것이 나의 잘못이 아닌데도 기죽어 있습니다. 옷 때문에 자존감을 잃고, 가방 때문에 자존감을 잃는다는 것은 슬픈 일입니다. 이것은 쉽게 바꿀 수 없는 나의 현실입니다.

학교에 가면 여러 가지 이유로 자존감에 상처를 입습니다. 친구나 선생님은 내 자존감에 상처를 줍니다. 콕콕 찌르기도 합니다. 공부를 못하면 바보 취급을 받습니다. 친구와 잘 어울리지 못하면 따돌림을 당합니다. 남들과 조금 다른 생각을 하면 이상한 사람이 됩니다. 자존감을 유지하기가 쉽지 않습니다. 그나마 학교는 아름다운 공간입니다. 회사나 사회에 나가면 자존감은 도무지 버틸 수가 없습니다. 갑을 관계에서 자존감은 사치스러운 단어입니다.

그래서일까요? 자존감을 다룬 책도 많이 나오고 있습니다. 주로 자존감을 높이는 방법을 알려 줍니다. 물론 책을 읽는 것도 도움이 되겠지만, 자존감과 자존심은 내가 얼마나 귀한 존재인지를 스스로 깨닫는 데서 시작합니다. 말로 아무리 설명해도 알 수 없습니다. 이것은 깨달음의 문제이기 때문입니다.

자존감이 높은 사람은 다른 사람의 자존감을 인정하는 사람입니다. 다른 모든 사람을 귀하게 생각해야 진정한 자존감입니다. 나만 귀하고 다른 사람은 귀하지 않다고 생각하는 건 자존감을 잘못 이해하는 겁니다. 여러분은 자존심, 자존감이 있습니까? 정말 내가 귀합니까? 정말 이 세상 모두가 귀하게 느껴집니까?

스스로를 귀하게 여기면 다른 사람들도 나를 귀하게 여깁니다. 내가 다른 사람들을 귀하게 여기면 그 사람들도 나를 귀하게 여깁니다. 내가 아무것도 아니라고 생각하니까 다른 사람들도 나를 아무것도 아닌 걸로 생각하는 것 같고, 그래서 다른 사람에게 적대감만 가득하지요.

우리는 태어날 때 선택권이 없습니다. 어머니를 선택할 권리도 아버지를 선택할 권리도 없지요. 그런데 많은 사람이 자신의 태생에 불만을 가지고 있습니다.

'나는 왜 이런 집에서 태어났을까?'

'나는 왜 이런 어머니, 아버지 밑에서 태어났을까?'

이런 마음을 가지고 불만을 쏟으면 쏟을수록 나의 자존감은 무너지게 됩니다. 태생은 내가 바꿀 수 있는 게 아닙니다. 내가 바꿀 수 없는 것을 받아들여야 상황이 달라집니다. 그 순간 세상의 모든 것이 달라집니다.

내 안에 가득 차 있던 나에 대한 불만은 알게 모르게 짜증으로 배어 나옵니다. 그런 나를 대하는 사람들은 나를 더 무시하게 됩니다. 반면 내가 나를 받아들이면 내 마음도 편해지고 다른 사람들을 대하는 마음도 편해져 더욱 여유 있고 친절하게 대하게 됩니다. 그러면 상대가 나를 대하는 태도도 더욱 깍듯하고 예의를 갖추게 됩니다. 자존감은 내가 많이 가졌다고 생기는 것도 아니고, 내가 가진 게 없다고 낮아지는 것도 아닙니다. 내가 나를 인정하고 대하는 태도로 달라지는 것입니다.

겸손,
겸손에도 자만심이 있다

여러분은 겸손한 사람인가요? 겸
손하지 않은 사람인가요? 자신이 겸손하다고 생각하는 사람은
다시 한번 생각해 보세요. 나의 겸손에 자만심은 없는지요.

"앞으로 좀 겸손해지려고 합니다."

"더욱 겸손하게 살겠습니다."

다른 사람이 나한테 겸손하다고 하는 것은 고개가 끄덕여지지
만, 스스로 겸손이라는 말을 쓴다면 그만큼 자신이 잘났다고 생
각하는 마음이 있어서입니다. 자신이 잘났다고 생각하니까 좀
낮추어야겠다고 생각하는 겁니다. 겸손이라는 말은 자신이 잘났

으니 낮추겠다는 것이 아니라 내가 아직도 많이 부족하다고 생각하는 마음입니다.

겸손과 관련 있는 말로는 겸허, 겸양 등이 있습니다. 겸손은 공손함이 강조된 느낌입니다. 반면에 겸허는 '겸손하게 자신을 비운다'라는 느낌이 있습니다. 겸양은 '겸손해서 사양하고 양보한다'라는 느낌이 있습니다. 겸손하다는 의미를 부사어로 쓸 때는 주로 '겸허히'라는 표현을 씁니다. 그런데 저는 요즘 '겸허히'라는 말이 지나치게 많이 쓰인다고 생각합니다. 주로 '반성한다'라는 표현과 함께 쓰이는 경우가 많은데 왠지 형식적이라는 생각이 듭니다.

언어에 존경과 겸손이 반영된 말은 많지 않습니다. 우리말과 일본어가 대표적으로 존경과 겸양이 발달한 언어입니다. 사람과 사람의 관계를 중요시하는 언어라고 할 수 있습니다. 상대를 높이는 방법은 두 가지가 있습니다. 하나는 말 그대로 상대를 높이는 겁니다. 다른 하나는 나를 낮추는 겁니다. 둘 다 진심으로 하기는 쉽지 않습니다. 특히 나를 낮추는 일에는 거짓이 담기는 경우가 많습니다. 그만큼 겸손은 정말 어려운 일입니다.

겸손은 자신을 낮추는 일입니다. 사전에서는 '남을 존중하고 자기를 내세우지 않는 태도가 있음'이라고 정의해 놓았습니다.

훌륭한 덕목입니다.

남보다 잘난 사람이 자신을 내세우지 않고 다른 사람을 존중한다는 것은 쉬운 일이 아닙니다. 어쩌면 가장 어려운 일이 아닐까 합니다. 겸손하기 위해서 노력한다는 말에는 이미 자신감이 담겨 있기도 합니다. 자신이 낮다고 생각하는 사람은 겸손할 수가 없기 때문입니다. 부족한 사람이 겸손한 생각을 하는 것은 앞뒤가 안 맞는 말일 수 있습니다.

그런데 최근 겸손이라는 말을 보면서 겸손에도 자만심이 있다는 생각을 하게 되었습니다. 벼는 익을수록 고개를 숙인다고 합니다. 이 말은 다시 말하자면 익은 벼가 고개를 숙인다는 말이 됩니다. 겸손해지려고 한다는 말은 이미 내가 익은 벼라는 생각을 하고 있다는 의미이기도 하지요. 자신을 낮춘다는 말에도 마찬가지의 생각이 담겨 있습니다. 자신이 이미 높기에 자신을 낮추는 겁니다.

저는 겸손을 다르게 해석해야 한다고 봅니다. 겸손은 자신을 낮추는 것이 아니라 자신이 낮음을 깨닫는 겁니다. 정말로 겸손한 사람은 자신이 대단하다고 생각하지 않습니다. 그래서 주변 사람들이 오히려 그 사람을 겸손하다고 칭찬하는 겁니다. 겸손하려고 노력한다는 사람은 이미 겸손하지 않은 사람인 셈입니다. 돌이켜 보면 잘나지도 않고 대단하지도 않은 사람이 겸손을 입에 올리고 있었던 겁니다. 겸손해지는 게 아니라 잘난 척하지 않고 오만해지지 않는 것이 답일 수 있습니다. 조금 안다고, 조금 더 갖고 있다고 마치 다 아는 것처럼, 다 가진 것처럼 행동하지는 않았는지 반성해야겠습니다.

겸손은 명예와도 연결됩니다. 명예가 중요하다고 이야기하지만 종종은 명예도 욕심이 됩니다. 자신을 지나치게 높고 귀하게 생각하는 마음 때문입니다. 작은 일에도 명예가 훼손되었다고 이야기합니다. 자신의 이름을 더럽히면서 살아서는 안 되지만 자신의 이름이 대단히 귀한 것으로 생각하는 마음에는 겸손이 빠져 있습니다. 명예는 소중하고 지켜야 할 가치임에는 틀림없습니다. 하지만 명예도 욕심이 되어서는 안 됩니다. 명예욕이 큰 욕심이라는 것을 아프게 깨닫습니다.

종교에서라면 겸손과 명예는 더욱 다르게 다가올 겁니다. 진정한 종교인이라면 겸손은 당연한 것입니다. 신 앞에서 자신은 하잘것없는 존재이기 때문입니다. 명예란 나를 높이기 위한 것이 아니라, 무엇을 지키고 어떻게 살 것인지를 판단하기 위한 것입니다. 결코 놓아 버려서는 안 되는 가치도 있기 때문입니다. 겸손과 명예는 누구나 지켜야 하는 것입니다.

전쟁,
전쟁 용어를 입에 달고 사는 우리

오늘, 어떤 하루를 보내셨나요?
오늘도 전쟁 같은 하루를 보내지는 않았는지요? 전헌 선생님의
《다 좋은 세상》에 '우리 세상이 전쟁과 같다'라는 말이 나옵니
다. 아마도 지금을 살고 있는 사람 중에 실제 전쟁을 경험한 사
람은 많지 않을 것입니다. 전쟁이 어떤 것인지 실상을 정확히
아는 사람도 거의 없습니다. 전쟁은 싸우는 것입니다. 단순히
개인이 싸우는 것이 아니라 집단이 싸웁니다. 주로 국가나 민족
간에 일어나는 싸움을 전쟁이라고 합니다. 전쟁에서는 무서운
살상이 수없이 일어납니다. 저는 이토록 무서운 단어인 전쟁이

우리 삶에서 비유적인 표현으로 사용되는 것에 두려움을 느낍니다. 아무 생각 없이 전쟁이라는 말을 남발하고 있는 것은 아닐까요? '사는 게 전쟁이다, 취업 전쟁, 전쟁 같은 사랑…….' 우리는 늘 평화로운 시대를 사는 것처럼 말하지만, 사실 전쟁 속에 살고 있습니다. 취업 전쟁, 입시 전쟁과 같은 수많은 전쟁을 겪고 있지요. 기업은 기업대로, 대학은 대학대로 온통 전쟁터입니다.

전쟁에서 살아남기 위해 늘 전략을 수립해야 합니다. 공격이나 방어 전술, 무기의 개발과 같은 말이 일상 용어가 된 지 오래입니다. 전쟁 용어를 입에 달고 사는 것은 우리가 얼마나 전쟁에 무감각한가를 보여 주는 예이기도 합니다. 전쟁처럼 살다 보니 하루하루가 긴장 상태이고 피곤하기 짝이 없습니다. 언제 무엇이 날 공격할지 모르고, 어디서 폭발할지도 몰라 조마조마합니다.

집은 단지 전쟁에 지친 병사들의 휴식처입니다. 그래서 집에서의 주된 활동은 휴식과 수면입니다. 소파에 패잔병처럼 널브러져 있기도 하고, 무기력하게 아무것도 하지 않기도 합니다. 집에서 다른 일을 하기 어렵습니다. 전쟁 나갈 준비를 하는 곳이라는 생각이 드는 겁니다. 우리를 풍요롭게 하는 예술도 전쟁을 대비하는 재충전의 시간이어서 마치 위문 공연 같은 느낌을 받습니다. 전쟁은 모든 생각을 황폐화합니다.

전쟁 속에서 하루하루를 살다 보니 늘 적을 찾습니다. 그러고는 눈앞에 자꾸만 등장하는 적을 제거합니다. 슬프게도 이것은 매일 우리가 맞이하는 세상입니다. 전쟁터이기에 상사의 명령에 복종하고 부하를 이끄는 리더십이 필요합니다. 부하의 배신이 아프고, 상사의 압박이 괴롭습니다. 전쟁에서 이기기 위해서는 우선 살아남아야 합니다. 어쩌면 함께 살아남는 승리는 없을지도 모릅니다.

매일이 전쟁이니까 숨어 있는 적도 찾아내야 합니다. 우리가 자주 하는 말 중에 '누구도 백 퍼센트 믿으면 안 된다'는 말이 있습니다. 믿으라는 말이 아니라 믿지 말라는 말이 우리 마음속에 굳은 신념이 되어 박혀 있습니다. 어이없는 일이고 답답한 일입니다. 이 전쟁을 어떻게 끝낼지가 고민이 아닐 수 없습니다. 일단 전쟁 용어부터 생활 속에서 사용하지 않는 것은 어떨까요?

말은 생각을 지배합니다. '사는 게 전쟁이다, 하루하루가 전쟁이다'처럼 우리 삶을 전쟁으로 표현하는 순간 나는 살아야 하고 상대는 패배자가 되어야 합니다. 우리 모두 같이 살아야 하는 세상인데, 전쟁은 같이 살지 않으려고 하는 것이지요.

어렸을 때는 전쟁놀이, 칼싸움, 총싸움을 많이 하고 놀았습니다. 칼싸움을 하다 한 아이가 칼에 맞아서 울면 우리는 모두 달려가서 "괜찮아?"라고 물어보았습니다. 상대를 걱정해 주는 놀이에 지나지 않았습니다. 삶은 나도 살고 너도 사는 놀이여야 하는데, 전쟁이라고 말하는 순간 한쪽이 죽어야만 끝나는 그야말로 같이 살지 않기 위한 싸움이 됩니다.

이 무시무시한 전쟁을 끝내야 집의 진짜 역할을 찾을 수 있습니다. 집은 단순히 휴식의 공간일 뿐 아니라 새로운 꿈을 그리는 곳입니다. 그래야 예술도 예술로 즐길 수 있을 겁니다. 친구를 더욱 믿고, 적처럼 보이는 사람도 친구로 만들 수 있을 겁니다. 전쟁 없는 세상을 위해 집에서부터, 친척이나 친구부터 달리 대해야 하고, 나부터 달라져야 합니다. 전쟁은 우리를 늘 불평등하게 만들고, 자유를 빼앗고, 불안에 빠지게 합니다. 이제 삶을 그리고 일상을 전쟁이라고 부르지 말고, 전쟁처럼 대하지 않았으면 합니다.

불평등이 전쟁의 원인이 아니라 전쟁이 불평등의 원인이라는 말이 가슴에 아프게 다가옵니다. 이는 실제 전쟁뿐 아니라 전쟁처럼 사는 우리에게도 마찬가지일 겁니다. 전쟁처럼 살다 보면 불평등이 심화되고, 서로를 미워하고, 분노가 깊어집니다. 전쟁처럼 살면 서로를 사랑할 수 없습니다. 전쟁 같은 삶도 이제 끝냈으면 좋겠습니다. 우리말 '전쟁'이 우리에게 들려주고 싶은 말입니다. 우리가 사는 세상에서도 우리가 쓰는 말에서도 '전쟁'이라는 용어가 사라지기를 소망합니다.

일용할 양식,
내 뜻대로 되는 세상이라면

일용日用이라는 말은 원래 하루 동
안 쓴다는 의미입니다. 이 의미가 확장되면 날마다 쓴다는 의미
가 되기도 합니다. 예를 들어 일용품은 하루만 쓰는 물건이 아니
라 매일 쓰는 물건을 말합니다. 일용이라는 말과 한자는 다르지
만 비슷한 의미로 쓰이는 말이 있습니다. 바로 일용직日傭職에 쓰
는 '일용'입니다. 일용직의 의미 자체가 하루 단위로 근로 계약을
한다는 뜻이니 어떤 의미에서는 서로 통한다고 할 겁니다. 왠지
하루 쓰고 버리는 느낌이 들어 씁쓸합니다. 일용이라는 단어를
보면서 저는 '일용하다'라는 말도 떠올랐습니다. 기독교의 주기

도문에는 일용할 양식이라는 표현도 있지요.

일용이라는 말은 하루라는 말과 연관이 있습니다. 하루 동안 쓰는 것이 일용이기 때문입니다. 우리는 매일 하루를 선물 받습니다. 오늘은 무슨 일을 할까 기대가 되기도 하고 걱정도 됩니다. 하루를 어떻게 지내면 좋을까요? 어떻게 일용하면 좋을까요? 오늘이 삶의 마지막이라면 하루는 더욱 귀할 겁니다. 그런 생각으로 산다면 더 귀한 하루가 되겠지요.

저는 일용과 하루라는 단어를 볼 때마다 구약성경의 만나 이야기가 떠오릅니다. 매일 하늘에서 사람들이 먹을 만큼의 양식을 내려 준다는 것이지요. 그야말로 일용할 양식입니다. 저도 매일 오늘 먹을 음식이 하늘에서 떨어진다면 좋겠다는 생각이 들었습니다. 일을 하지 않더라도 늘 먹을 음식이 하늘에서 내려오니 행복한 일일 수도 있겠습니다. 어쩌면 그런 세상이 파라다이스일 겁니다. 하늘에서 뭔가 좋은 게 떨어지기를 바라는 것은 인류의 공통적인 소망인가 봅니다.

그런데 만나에는 비밀 같은 이야기가 숨겨져 있습니다. 내일도 만나가 하늘에서 내려올 것이기 때문에 오늘의 만나를 모아놓을 필요가 없다는 겁니다. 마치 내일 해가 뜨는 것처럼 내일 만나가 하늘에서 내려올 텐데도 사람들은 의심을 합니다. 오늘

218

이 마지막인 것처럼 생각하는 겁니다. 내일 일을 예비하는 것이 곧 하늘을 의심하는 상황이 됩니다. 오늘 열심히 살면 내일 다시 하늘에서는 축복이 내려올 것이라는 사실을 믿기 어려운 것이지요. 저는 만나 이야기가 살아갈 준비를 하지 말라는 것이 아니라 오늘 하루를 최선을 다해서 살면 하늘은 우리에게 은혜를 주신다는 말씀으로 들립니다.

'오늘날 우리에게 일용할 양식을 주옵시고…….'

주기도문에 나오는 '일용할 양식'도 오해를 하는 이야기로 보입니다. 일용할 양식은 말 그대로 '오늘 하루 살 만큼의 음식'입니다. 더 많은 음식으로 차고 넘침을 원하는 게 아닙니다. 오늘 내가 먹고 활동하고 선善한 일을 하기에 충분한 음식이면 되는 겁니다. 그런데 우리는 일용할 양식이라고 말하면서 넘치는 부를 원합니다. 오늘 하루가 아니라 몇 년을 먹고 쓸 수 있는 음식을 원하고, 그런 음식이 내려왔을 때 마치 축복을 받은 것처럼 말을 합니다. 하루 벌어 하루 쓰는 사람은 게으른 사람이나 불쌍한 사람이 되는 거지요.

일용할 양식은 내가 오늘 하루 쓰기에 충분한 음식입니다. 그만큼만 허락된다면 충분히 행복한 겁니다. 물론 종종 그 이상의 음식이 생길 수도 있겠지요. 그때는 주변을 봐야 합니다. 일용할 양식이 없는 주변 사람이 있을 수 있습니다. 나는 배가 부르지만 이웃이 배부르지 않다면 나 역시 행복한 것은 아닙니다. 나의 행복은 이웃과 함께여서 행복한 겁니다. 우리는 관계 속에서 행복을 느낍니다. 다른 사람이 불행한데 나만 행복한 것은 애초에 가능하지 않습니다.

하루하루 최선을 다하면서 하늘의 은혜에 감사하면서 사는 것은 행복한 일입니다. 그러면 내일도 만나는 내려올 겁니다. 의심할 필요가 없습니다. 혹시 만나가 내려오지 않는다면 나와 함께 있는 이웃이 나에게 도움의 손을 내밀 겁니다. 두려워할 필요가 없습니다. 이웃이 배고파한다면 나 역시 그의 손을 잡아 줄 것이기 때문입니다. 만나 이야기와 일용할 음식 이야기는 묘하게 통합니다. 하루 동안 먹을 음식이라는 점에서 내가 무엇을 믿고 어떻게 살아야 하는지를 가르쳐 주고 있습니다.

지금을 살아가는 우리는 이제 더 이상 만나가 하늘에서 내려오지 않을 거라고 생각합니다. 그런데 정말 만나가 하늘에서 내려오지 않을까요? 오로지 내 힘으로만 이 세상을 살아갈 수 있을까요? 나도 모르는 사이에 매일 어디선가 '만나'는 나에게 내려오고 있습니다. 일용할 양식은 내가 일해서 버는 것이라는 생각도 착각일 수 있습니다. 내 힘만으로 이루어지는 게 아닙니다. 그렇기 때문에 우리는 일용할 양식을 빌고 또 비는 겁니다.

내 뜻대로 되는 세상이라면 기도할 필요도 없겠지요. 일용할 양식에 감사하며, 이웃을 돌아보며, 지나치게 욕심 부리지 않고 사는 삶이기를 바랍니다. 오늘도 만나를 몰래 모아 놓고, 오늘도 일용할 양식이 차고 넘쳤다고 기뻐하는 나의 모습을 아프게 바라봅니다. 오늘 하루 뜻깊게 살아야겠습니다.

급하다,
왜 급해질까?

'느리다'는 '늘이다'와 발음은 같
지만 표기는 다릅니다. 이렇게 발음이 같고 표기가 다른 것을 이
철자 동음이의어라고 합니다. 많은 경우에 이런 단어는 서로 의
미가 통합니다. '졸이다/조리다, 반듯이/반드시, 달이다/다리다'
등이 대표적인 예입니다. 잘 살펴보면 의미의 연결이 가능합니
다. '느리다/늘이다'도 마찬가지입니다. 할 일을 앞에 두고 천천
히 시간을 늘여 놓는 사람이 있습니다. 마치 시간이 많이 남은
것처럼 생각하는 것이지요. 한마디로 느린 사람입니다. 예전에
는 느린 것은 비난의 대상이었습니다.

그런데 최근에는 느림의 미학이라든지 느리게 살기가 유행하고 있습니다. 다들 바쁘게 돌아가는 세상에서 급하게 살다 보니 그 반증으로 나타난 현상이 아닐까 합니다. 왜 사람들은 점점 급해질까요? 아마도 초조하고 마음이 앞서가기 때문일 것입니다.

늦가을 산을 오르면 마른 나뭇잎이 바스락거리는 소리가 납니다. 나뭇잎이 이렇게 바짝 말라 있을 때 혹여 작은 불씨라도 하나 던져진다면 온 산에 불이 확 번지게 될 것입니다. 그 상태를 초조라고 할 수 있습니다. 불안함과 초조함이 마음을 채우면 마음이 급해져 언제든 불에 확 타 버릴 수 있습니다. 마음 전체를 불태워 버릴 수 있기 때문에 아주 위험한 상태입니다.

'급急하다'는 재미있는 말입니다. 한자 '急'에 '-하다'가 붙어서 생긴 말이기 때문입니다. 우리말에는 이렇게 1음절 한자어에 '-하다'가 붙는 예들이 많습니다. 이런 어휘를 보면 한자가 우리 속에 광범위하게 들어와 있음을 알 수 있습니다. 특히 '후하다/박하다, 강하다/약하다, 망하다/흥하다'처럼 반의어가 나타나는 점이 흥미롭습니다.

그런데 '급하다'의 경우는 '완하다'가 없다는 점에서 예외적입니다. '급하다'의 반대는 '느긋하다'나 '천천히 하다' 정도일 겁니다. '급하다'는 말은 있지만 '완하다'는 말이 없는 것은 우리에게 급한 상황이 훨씬 많았기 때문은 아닐까요? 빨리빨리도 마찬가지겠지요.

걱정은 사람을 급하게 만듭니다. 초조하다는 이럴 때 쓰는 말입니다. '초조'는 불에 그을려 모두 말라 버린 느낌이 드는 말입니다. 금방이라도 무슨 일이 생길 것 같아서 노심초사하게 됩니다. 하지만 대부분은 일어나지 않거나 일어나도 내가 어쩔 수 없는 일인 경우가 많습니다. 괜히 걱정만 한 셈이지요. 물론 걱정은 앞으로 일어날 일을 대비하게 해 실수를 줄이기도 하지만, 지나친 걱정은 사람을 급하게 만듭니다.

급한 일은 보통 미루어 두었기 때문에 일어납니다. 미리 차근차근 준비하지 않았기에 눈앞에 닥쳐서야 서두르게 되는 겁니다. 급하게 일을 하지 않으려면 미루지 않는 태도가 중요합니다. 미루지 않아야 급해지지 않습니다. 다시 말해 하루하루를 성실히 살아야 한다는 말입니다. 어제 일은 어제, 오늘 일은 오늘, 내일 일은 내일 하는 게 좋습니다. 어제 일을 계속 곱씹을 필요도 없고, 내일 일을 미리 당겨서 생각할 필요도 없습니다. 과거는 죽은 채 묻어 두고, 오지 않을 미래를 믿지 말고, 현재를 살아가라는 말이 마음에 다가옵니다.

사랑하는 연인이 있습니다. 남자든 여자든 더 사랑하는 쪽이 항상 마음이 앞서가서 급해집니다. 때로는 헤어질까 봐 불안한 마음에 상대방을 채근합니다. 앞서가는 사람이 좀 뒤처져서 따라오는 상대방을 기다려 줄 수 있다면 헤어지는 연인이 훨씬 줄어들 것입니다. 그런데 혼자 앞서가서 천천히 오는 상대방을 기다리지 못해 채근하다 끝나는 관계가 많습니다. 사람의 마음이란 채근한다고 달려갈 수 있는 게 아닙니다. 좀 늦더라도 좀 답답하더라도 느긋하게 기다려 줄 수 있어야 합니다.

사랑하는 연인뿐만 아니라 부모와 자식의 관계도 마찬가지입니다. 부모는 자식이 살고 있는 그 시기를 살아 보았기에 지금 자식이 하고 있는 생각과 행동의 결과가 예측되기도 합니다. 결국 자식이 시행착오를 겪지 않았으면 하는 바람으로 기다려 주지 못하고 채근하다 자식의 마음과 말의 문을 닫게 만듭니다. 마음이든 말이든 한 번 닫힌 문은 쉽게 열기 힘듭니다. 문을 닫기 전에 달려가는 마음을 누르고 앞도 보고 옆도 보고 뒤도 보면서 기다려 줄 수 있어야 합니다.

너무 급하게 생각할 필요는 없겠지요. 오늘 일이 너무 힘들면 내일로 미루어 두는 것도 한 방법입니다. 다만 느리게 산다는 것은 아무 일도 하지 않으며 게으르게 사는 것이 아닙니다. '느리다'는 천천히 돌아보는 것을 말합니다. 산을 오를 때 앞만 보지 말고 고개를 돌려 나무도 보고, 개울도 보고, 산 밑의 풍경도 보면서 가라는 것이지요.

주변을 보면 메마른 나뭇잎이 바스락거리는 소리를 내는 것처럼, 초조하다 못해 감정이 점점 메말라 가는 사람들이 많습니다. 낙엽은 살짝 건드리기만 해도 부서집니다. 산산이 조각나지요. 내 마음이 이렇게 초조하고 메말라 있다면, 누군가와 좋은 관계는커녕 살짝 건드리기만 해도 산산이 부서지는 관계가 됩니다.

급한 사람들은 다른 사람의 마음, 그들과의 관계를 깊이 생각하지 않습니다. 모든 것을 급하게 받아들이고 급하게 해결하려고 해서 주변을 살피지 못하게 됩니다. 그래서 사람과의 관계에서도 실수를 하게 됩니다. 열심히 사는 것은 좋지만, 급하게 살 필요는 없습니다.

우리말에 '차근차근'이라는 말이 있습니다. 뭐든 차근차근하면 일도 사람 관계도 실수가 적습니다. 일도 사람 관계도 착착 진행이 됩니다. 한꺼번에 여러 가지 일을 동시에 하려니 급해집니다. 이것도 해야 할 것 같고, 저것도 해야 할 것 같고. 급한 마음에 실수가 생기지요. 지금 여러분은 열심히 살고 있나요? 급하게 살고 있나요? 꼭 한 번 돌아보시길 바랍니다.

부리다,
우리가 부리지 말아야 할 것은?

욕심을 부리다, 심술을 부리다, 성질을 부리다, 꾀를 부리다…….

우리말에서 '부리다'는 안 좋은 뜻으로 쓰는 경우가 더 많습니다. '부리다'의 의미는 크게 두 가지로 나누어 볼 수 있습니다. 하나는 일을 시키는 것을 의미합니다. 소를 부리고, 종을 부립니다. 마음대로 조종하는 느낌을 줍니다. 소나 종이나 주인의 뜻을 따르지 않기는 어렵지요.

다른 의미는 나타내 보이는 겁니다. 마술을 부리기도 하고 성질을 부리기도 합니다. 마술을 부리는 것은 자신의 의지가 담겨 있는 행위라고 할 수 있습니다. 감쪽같이 속이려는 의지가 담겨 있지요. 하지만 성질을 부리는 것은 의도적이라기보다는 참지 못해서 드러나게 되는 경우를 말합니다. 행위 중에서도 나쁜 행위에 주로 '부리다'라는 말을 쓰는 것은 참지 못했기 때문이 아닐까 합니다.

아마도 우리가 제일 많이 부리는 것은 욕심일 겁니다. 먹는 것에도 욕심을 부리고, 돈에도 욕심을 부립니다. 다 먹지도 못하면서 뷔페에 가면 접시마다 한가득입니다. 예전에 어른들은 이승에서 남긴 음식은 저승에 가면 다 먹어야 한다고 말했습니다. 아마 우리는 저승에서 먹어야 할 음식이 엄청나게 많을 것 같습니다.

돈 욕심도 심각하지요. "주변에 사람이 굶고 있는데 은행이 왜 필요하냐"라고 말하던 인디언 지도자가 생각납니다. "주변에 굶는 사람이 있는데 은행에 저금을 하는 것이 온당한가"라는 주장은 지금도 생각할 거리를 줍니다. 돈을 은행에 쌓아 두지 말고, 주변 사람의 마음에 쌓아 두는 것이 진리일 겁니다. 부자가 천국에 들어가기 어렵다는 말은 베풀어야 한다는 말을 달리 표현한 게 아닐까요? 욕심은 다른 사람의 것을 빼앗는 것이기도 합니다.

우리가 자주 부리는 것에는 성질도 있습니다. 작은 일에도 날카로워져서 성질을 냅니다. 성질은 원래 나쁜 말이 아닙니다. 사람이 원래 지니고 있는 본바탕을 성질이라고 합니다. 당연히 우리의 본바탕이 나쁜 것은 아니지 않을까요?

그런데 성질과 함께 쓰는 말을 보면 매우 부정적입니다. '성질이 괴팍하다' '성질이 고약하다'처럼 말이지요. '성질이 좋다'나 '성질이 착하다'는 표현은 쓰지 않습니다. 아마도 성질을 억지로 드러내거나 나도 모르는 사이에 밖으로 드러내는 것은 좋은 의미는 아닌 듯합니다. 성질을 내는 것도 그런 의미를 담고 있습니다. 우리는 어떤 경우에 참지 못하고 성질을 낼까요? 언제 내 숨은 본성을 드러낼까요?

우리가 뉴스에서 접하는 사건 사고도 내가 못 참아서 일어나는 경우가 많습니다. 요즘 층간 소음이 사회적인 문제로 떠오르고 있습니다. 층간 소음 때문에 성질을 부리고 싶은 마음을 조금만 참았더라면, 성질을 부리지 않았더라면 사건은 발생하지 않았을 겁니다. 내가 돈을 더 벌고 싶은 욕심에 주식에 무리하게 투자하지 않았더라면 돈을 한순간에 잃는 일도 없었을 겁니다. 못 참으면 나도 다치고 남도 다칩니다. 상처투성이입니다. 성질을 부리지 않고 욕심을 부리지 않아야 합니다.

심술을 부리는 것은 어떤가요? 심술心術도 원래 나쁜 뜻은 아닐 겁니다. 마음이 보이는 기술이니 말입니다. 그런데 사전을 찾아보면 '온당하지 않게 고집을 부리는 마음'이나 '남을 골리기 좋아하거나 남이 잘못되는 것을 좋아하는 마음'이라고 되어 있습니다. 마음의 기술이 심술이라니 씁쓸합니다. 우리의 마음이 보여 주는 기술이 심술밖에 없을까요? 남을 괴롭히는 것이 기술이되어서는 안 됩니다.

우리가 부리는 것 중에 얄미운 것도 있습니다. 예를 들어 '꾀를 부리다'가 그렇습니다. 함께 일을 하는데 한 사람이 요령을 피우면 다른 사람이 더 힘들어집니다. '꾀'가 나쁜 것은 아니지만 내가 꾀를 부리는 것이 다른 사람에게 피해가 갈 수 있습니다. 꾀를 좋은 방향으로 써야겠습니다. 멋을 부리는 것도 나쁜 것은 아니지요. 멋있어 보이려고 하는 것이니 좋은 것입니다. 하지만 멋을 부리느라 내실이 약해진다면 좋게 볼 수만은 없을 겁니다. 겉멋이 종종 위험할 때도 있습니다.

살면서 내가 부리고 있는 게 무엇인가 생각해 봅니다. 내가 감당해야 할 짐을 남에게 부리고, 나는 내 욕심을 부리고, 괜한 성질을 부리고, 심술을 부리고, 겉멋에 꾀를 부리며 살고 있지는 않나요? 욕심도, 성질도, 심술도 그 자체로 나쁘다고는 할 수 없습니다. 욕심 없고, 성질 없고, 심술 없는 사람은 없으니까요. 욕심, 성질, 심술을 움트게 하는 것이 '부리다'이지요.

　이렇게 말하는 저도 가끔은 성질을 부리고, 욕심을 부리고, 심술을 부리는 나를 발견하고 깜짝 놀랄 때가 있습니다. 성질을 부릴 때면 욕은 또 얼마나 찰지게 하는지 모릅니다. 돌아서서 생각해 보면 참 별것 아닌데 집착하고, 갖고 싶어 하고, 욕심을 부리는 나를 만나게 됩니다.

　내가 부리지 말아야 할 것은 무엇인가요? 나도 모르는 사이에 내가 부리고 있는 것은 무엇인가요? 성질부리지 않기, 욕심부리지 않기, 심술부리지 않기를 소망합니다.

현기증,
지금 이 순간 문제가 있는 것은 나

어지러운 증세를 현기증이라고도 하고 어지럼증이라고도 합니다. 현기증과 어지럼증은 비슷해 보이기는 하나, 현기증이 더 많이 쓰입니다. 높은 건물을 보고 '현기증이 날 것 같다'는 표현이 대표적이지요. 지나치게 화려한 것이나 높이 솟은 것을 볼 때 주로 쓰는 표현입니다. 우리는 '눈이 핑핑 돌 것 같다'는 표현도 씁니다. 눈이 돈다는 말도 어지러움과 관련이 있는 표현입니다.

순우리말에 '-증'이 붙는 어휘는 많지 않습니다. 짜증, 싫증, 궁금증 등이 여기에 해당합니다. 보통은 특별한 병이라는 느낌이 들지 않는 어휘입니다. 그중 어지럼증은 그래도 심각한 병이 아닐까 싶습니다.

현기증眩氣症은 어지러움을 느끼는 증세입니다. '현眩'이 어지러움을 나타내는 핵심 글자입니다. 현의 한자를 보면 '눈 목目'이 들어가 있습니다. 이것은 옛날 사람이 어지러움을 눈의 작용으로 인식했다는 증거이기도 합니다. 그래서일까요? 어지러울 때는 눈을 감으면 좀 낫습니다. 하지만 의학적으로는 주로 귀와 관련이 있는 증상이라고 이야기합니다.

저도 어지럼증이 있어서 병원에 간 적이 있었습니다. 누워 있으면 천장이 뱅뱅 도는 게 아주 기분이 나빴습니다. 다행히 심각한 것은 아니었고, 의사 선생님의 말대로 한쪽으로 누워서 한참을 있었더니 괜찮아졌습니다. 가끔 어지러울 때는 그때의 일을 생각하고, 한쪽으로 누워 있기도 합니다.

병도 경험이 있으면 덜 두려운 것 같습니다. 나이를 먹으면서 아픈 게 덜 두려운 이유일 수도 있겠습니다. 물론 어지럼증이 계속 심각하다면 병원에 가 봐야겠지요. 귀에 문제가 있거나 피로가 쌓였을 때, 스트레스가 많을 때, 그 외 다양한 이유로 어지럼증이 생긴다고 합니다. 제가 어지럼증을 이야기하는 것은 병의 증상과 원인을 말하기 위함이 아닙니다. 어지러웠을 때의 느낌이 내가 세상을 바라보는 느낌과 닮았다는 생각이 들었기 때문입니다. 정신이 맑지 않고 혼란스러울 때의 느낌이 어지럼증과 닮았습니다.

세상을 살다 보면 어지러운 일이 많습니다. 세상의 변화가 너무 빨라서 어지럽기도 하고, 사람과의 관계가 쉽게 변해서 어지럽기도 합니다. 마치 롤러코스터를 타는 것 같습니다. 어릴 때 빙빙 도는 찻잔 모양의 놀이 기구를 탔던 기억이 납니다. 저는 몇 번이고 내리고 싶었지만 멈추기 전까지는 내릴 수 없었습니다.

세상이 어지러운 것도 비슷합니다. 함부로 내려오면 안 됩니다. 그만 끝내고 싶은 마음이 들겠지만 정말 위험한 행위입니다. 많은 이에게 상처가 될 수 있습니다. 어지러우면 세상이 빙빙 도는 것 같습니다. 나는 가만히 있는데 벽이 돌고, 가구들이 내게로 다가옵니다. 무서운 일이지요. 나를 중심으로 있던 세계가 흔들리는 느낌입니다. 아무리 내가 중심을 잡아 보려고 해도 잡을 수 없습니다. 그런데 그 순간 깨닫게 됩니다.

'지금 이 순간 문제가 있는 것은 세상이 아니고 나구나'라는 사실을 말입니다. 세상이 도는 게 아니라 내가 어지럼증을 느끼고 있는 것이지요. 내가 중심을 잡지 못하기에 생긴 일입니다. 나를 바로잡아야 어지럼증은 해결됩니다. 내가 한쪽으로 몸을 돌리고 가만히 있으면 세상도 가만히 잦아듭니다. 내가 피곤해서, 내 귀에 문제가 생겨서 세상이 도는 것처럼 보일 뿐이지 실제로 세상은 그대로입니다.

우리는 '요즘 세상이 어지럽다'라는 표현을 씁니다. 이 표현은 내가 세상 살기가 힘들거나 세상이 마음에 들지 않을 때 쓰는 것 같습니다. 이럴 때는 세상과 조금 거리를 두는 것도 도움이 됩니다. 좋아하는 음악을 들으며 길을 걷거나, 가만히 앉아서 풍경을 보거나, 한적한 곳에 텐트를 치고 밤을 지내는 것처럼 말이지요. 자신만의 방법으로 시간을 멈추고, 눈도 귀도 멈추고 자신을 맑게 하면 좋겠습니다. 돌아가면 아까 그대로의 세상이 기다리고 있더라도 말입니다. 아마도 이전과는 조금은 다른 모습으로 느껴질 겁니다.

나만의 주문을 외다!

우리말 소망

초판 인쇄 | 2022년 2월 25일
초판 발행 | 2022년 3월 10일

지은이 | 조현용
펴낸이 | 정은영
책임편집 | 박지혜
디자인 | 최은숙
일러스트 | 조은별

펴낸곳 | 마리북스
출판등록 | 제2019-000292호
주소 | (04037) 서울시 마포구 양화로 59 화승리버스텔 503호
전화 | 02)336-0729, 0730
팩스 | 070)7610-2870
홈페이지 | www.maribooks.com
Email | mari@maribooks.com
인쇄 | (주)금명문화

ISBN 979-11-89943-77-6 (03810)
　　　979-11-89943-78-3 (set)